感觉
有点奢侈的
事

黄丽群 著

广西师范大学出版社
·桂林·

感觉有点奢侈的事
GANJUE YOUDIAN SHECHI DE SHI

本书由台北九歌出版社有限公司经明洲凯琳国际文化传媒（北京）有限公司授权出版

著作权合同登记号桂图登字：20-2025-010 号

图书在版编目（CIP）数据

感觉有点奢侈的事 / 黄丽群著. -- 桂林：广西师范大学出版社，2025.4. -- ISBN 978-7-5598-7911-0

Ⅰ.I267.1

中国国家版本馆 CIP 数据核字第 2025HK7186 号

广西师范大学出版社出版发行

(广西桂林市五里店路 9 号　邮政编码：541004)
　网址：http://www.bbtpress.com
出版人：黄轩庄
全国新华书店经销
广西广大印务有限责任公司印刷
(桂林市临桂区秧塘工业园西城大道北侧广西师范大学出版社集团有限公司创意产业园内　邮政编码：541199)
开本：787 mm × 1 092 mm　1/32
印张：7.125　　字数：130 千
2025 年 4 月第 1 版　　2025 年 4 月第 1 次印刷
定价：52.00 元

如发现印装质量问题，影响阅读，请与出版社发行部门联系调换。

目 录

不顺的人（代序）………1

辑一　（也不）是过于偏执

感觉有点奢侈的事………3

喝一点的时候………7

强迫狂………10

乱　着………14

一点恨………17

如何做个局外人………21

过敏时间………25

我爱剪指甲………28

难　吃………32

算　命………35

旧　路………39

坏电话………43

忘以及种种………46

辑二 （也不）恒常的场所

自己的浴室………55

在这里………59

旅馆的房间………63

那时少女宿舍………67

夜市男孩女孩………70

花　市………74

KTV 老了………77

电影院里………81

餐桌阿修罗………85

公主快餐店………89

司机的爱人………92

辑三　（也不）算是读书写字

然后星星亮了………99

那蛇那头那病………104

稿子是怎么拖成的………108

在路上………112

末日书之派对读物………114

小读事………117

去大观园看实境秀………121

家里那间书房………130

美与白骨………135

奇零大观园………138

窥看人间………142

细节里不只有鬼………146

辑四　（也不）怎么样的生活

怎样的生活………153

冷的日子………157

夏天的四段式………160

有人打来找阿 Jí………167

夜的两件事………171

哎　呀………176

诚意姐床边相谈室………179

星期天的下午………184

我的小物业………187

跑以及种种………190

普通上午无事晴朗………197

无人知晓的我自己………200

我们没有变成………207

不顺的人（代序）

我从来不习惯像其他女人一样在更衣室里彻底地全裸行动；像那样哗一下推开淋浴间毛玻璃，仰面排闼直出，她赤足裸体，浴湿未干，水珠沿着发丝肩线下颚乳缘沿着一组不再屏挡的关键字落下……

每滴水溅上地板，发出其实没人听见的啪嗒声瞬间，有种法术就此从我们脚底如地图上水路那样展开了：半公共的空间吸收了这个女人的裸露，就像黄表纸写下朱砂字，从此成为她的私事、她的主场与她的封印。裹着浴袍（腰间束一个结）的我反而像误闯赛道的野生动物。她对于我注视或不注视，也都漫不经心。我们擦身而过。

这毫不戏剧化的场景……我一边洗澡一边神游：到底神秘在哪里呢？好像它有点像写作吧。微小的个人，赤手空拳，在时间里无立锥之地，唯一胜算是将心中各种隐情吹成空气刀，翻转主客强弱位置，介入所有人的共同生活。有时项庄舞剑，有时图穷匕现，人类的大规模集合经验被瓜分后叠加，叠加后瓜分，裂开后愈合，愈合后裂开……每个真正能被人类像基因一样携带下去的句子，都是写作者在赤身裸体中，与一切身外物肉搏相杀留下的伤疤。

关上水龙头，我将门拉开小小缝隙，咻一下伸出手像蛇收回舌尖抽回门外挂钩上的浴袍，穿紧，才走出去。

也非忸怩羞耻心，或者没有安全感。这场合也谈不上敝帚自珍。大概，只因天生是个不顺的人。

我始终卡在这件浴袍上。

*

这个夏天我做了件有点奢侈的事：参加一个运动俱乐部。其实是因为它的游泳池。思路撞墙时我往往冲个澡就憬然有悟，所以我想，如果能一边运动、一边泡在水里，会不会更加开窍，更受天启，更容易顿悟呢？但事实证明这当然是个脑袋从耳洞进水的异想天开。我总是在游一千五百米时啰啰唆唆地想：写一千五百字好像比较轻松点啊？回到书桌前又手心发汗，觉得唉我还不如去游那一千五百米吧……狡兔三窟，窟里都铺针毡。

倒是女子更衣室很有趣，因为是住宅区，会员八成以上是地方的社区妈妈，热门时段不像其他健身房在下班后，而是午后到晚餐前。我也常常下午去，非常热闹，更衣室地大物博，有交谊厅与舒眠室（到底谁在这里睡觉？），有蒸气室烤箱三温暖，中央三座梳妆岛台环绕置物柜墙。除了淋浴间与厕所，处处一望无际。

女人们在这里惊人地坦白。全裸，或者当着陌生人穿脱内衣裤（这是比全裸更裸的事）。

我常常一边偷眼看她们（其实不必偷看，她们都很大方），一边心不在焉地想象，她们可能是怎样的诗。或散文。小说。古典笔记。歌词。电影剧本。身体如文体，差别在于当事人只是协力作者，其余还有命运与基因参与；但我要说的也不是"人要为自己的容貌负责"、"锻炼令你身心健康"或"You are what you wear",而是女人的身体也可能暂时与生育与性欲与社会资本等工具性脱钩,成为存在即意义、不必考虑实效的创作物状态——当然,也难免像创作物一样具有误导效果,再熟悉的身体里都可能有埋伏,此所以世间会有情人反目。这时又是文字反过来向身体借喻"知人知面不知心"了:可能有语言弥漫天真娇憨草莓女儿态,但现实中阴刻含酸者;也可能有唱血泪唱反抗唱济弱扶贫,但现实里剥削算计者。

然而终究,在这个日常机器的夹缝空间里,一尊普通的女人身体终于真正止息了——完全不必干吗,任何眼神都无效,彻底不为谁服务,连她自己都不服务。落合芳几的浮世绘《竞细腰雪柳风吕》画了女子澡堂里几个女人撕扯打架、几个女人劝架、几个女人惊讶旁观的场景,听起来很香艳,其实粉扑扑的,傻傻的,丝毫不显色情感。女子更衣室没有想象中的淫靡之气,这里任何裸露都不妖艳——妖艳必须拉紧了弦,妖艳是上膛的子弹。也并非因我是异性恋女子对女体缺乏兴趣(其实正好相反,对女人最有兴趣的一向是女人），而是"性感"一事从来不存在于皮肤却存在于精神的骚动；即使是很有美感的身体，不知为何，脱下衣服，都多少有点狼狈相；就像你不可遏抑要向外吐露心中各种危崖部分时，冒出了像是羊被剃光了毛，颤抖站在崖边的那一句话。

例如烤箱室有个女人仰天睡觉，背底与脸上覆着雪白毛巾，腹部厚实，腰间浑圆，柔软的肉自信又谦卑垂在长椅上。这像一组细说从头、长句饱满的段落。

例如隔壁置物柜的大姐，说脱就脱啦。贴身衣物褪色了。这像一首时光淡定的小诗。

例如梳妆台前年轻贤妻样子的人，素颜黑发细长眼睛，吹头发时披在上半身的浴巾滑落，双乳镜中反射，右肩有朵线条扭动的刺青花。这是一篇日常随笔结尾的短叹。

例如此刻正在我面前换衣服的前老年太太，头发鬈得心事重重，很紧的蓝绿色泳装，钩住肉体松脱的情节线，铺张的结构，垂坠的修辞。这像一篇读起来有点窒碍难行的小说。

只有我最狡猾,绝对包好浴巾浴袍,换穿衣服很有技巧滴水不漏。非要追究原因,只好勉强解释为别扭遏制。这听起来是较属于"过度控制"那一边的行为,但其实它的本质,是种无法控制反复在心里扇自己巴掌的动作。之于写作的人而言,这体质委实令人为难,又特别不太适合性命相见的散文,可是两年里自找麻烦地还是写了些,简直口嫌体正直,太讨人厌啦……我脱下外衣扔进置物柜(我的泳衣,早就在家里偷偷穿好在里面),想起这事觉得莫名其妙。

*

据说早期英国殖民者的女眷在非洲沐浴更衣之际,并不在意男性黑奴是否在场,对她们而言那就像被牛马猫狗看见一样;鹿岛茂提起十八世纪的巴黎贵族女子,无所谓低等阶级的男裁缝师为她们贴身丈量尺寸,也是同样道理。女子更衣室里的想法当然比较单纯:"反正大家都是女人。"但这句话有个拐角,像一张插在花束上的小纸卡片,正面写着:"大家都是女人",反过来则是:"却那么不一样"。当然不一样,腰有所长腿有所短,美貌天性、才能命途也分出厚与薄;只有化妆镜前各人使用的保养品最直观,愈贵价的瓶罐总是分配愈疲倦的脸……在别的地方,这些不同都能致命,但在这里,每个人被每个人看到底,一种奇怪的"你看我我也看你"的等值交换感,松散的契约或同盟,就此成立了。因此亲如父母儿女都被屏蔽的热点,陌生人直视无妨(啊,就像我无所谓路人胡乱解释,却深忌相识者在我面前提起我写的任何一个字……)。

不过刚刚说过,我很狡猾。惯用语言的人多半有点狡猾。

除了不露出,我也几乎不主动和更衣室里的人搭话(严格说起来,我其实不跟任何地方的任何陌生人搭话……),从泳池起身之后防水运动耳机也不摘下,她们和我照面,往往显得困惑:我出现的时间十分不固定,看起来不像坐拥祖产的女人,不像刷丈夫信用卡的女人,不像白手起家的女人……年纪与神情与态度一切看上去,也都不太顺,不太搭调。全是一些"不"。

实际上就是个废民而已。每天三分之一时间睡觉，三分之一时间玩猫、工作与上网，其余时间或许去游泳，或许和朋友吃饭，或许读点书，或许去购买日常用品，或许写一些稿子。

没有什么比在这个时空之下写作、出版这样的一本书，更加奢侈了。

它的奢侈不是形式上的……当然形式上也是，比方说，若非当时人间副刊主编杨泽先生邀我参加《三少四壮》专栏，至死懒惰的我绝不可能一年里逼稿成篇，完成这书中大部分的作品（非常感谢！）；又比方说这几年，总算是心境有些余裕，才可能顾及额外的写作。其实许多创作都一样，是大量动员情感情绪思虑心智与时间的业务，遇到大环境与小环境难免的现实磕碰，生老病死，十分容易困窘不前。然而另一方面，又不宜太清静幸福。比较理想的创作状态是苦与乐、烦恼与解脱的恐怖平衡，如果稍微偏了一偏，就掉下钢索；钢索底下或许是厚厚的软绵绵的茵褥，或许是尖石，总之回不去了。为了维持这种平衡，很多时候也难免要做些顾此失彼的人生选择。

但我心中想的奢侈不全然在这上面……而是任何创作的发生根本，都不会是"想讨世界的好"。而刚好相反。那是因胸中有不平的风雷，抵触的气压，偏执的云团，逆天的闪电……一个气候不顺的人。至于"从来不去讨谁欢心"这件事，正是生而为人至上的奢侈；当然，这要付出各种代价，不一定是世俗得失，那些向内的质询消磨耗费已经足够，那些挥霍的都是自己的心。

为何不往各种更轻易的方向行走呢？其实也可以不听不看，不动怒，不同情，不注意，少言可保气，闭目能养神。

难道真的不能皈依各种顺服的教旨？谁说不能跟着飞弹去，捡金牛的屎，听老大哥的话，吃鸡蛋，丢石头。

在更衣室里，跟大家一起脱光光，不是件很轻松，并且也完全不会有人在意的事吗？

我没法回答。接近无限深蓝的透明里，我一而再再而三，往而复复而往用力划动。我想虽然答不上来，却可以祈祷自己日复一日变坚固，祈祷自己不管几岁都常常在心里扇自己耳光,像池中水流一直逆上拍击我的脸,琢磨我的脑神经回路,也不知天启与灵光会不会在下一秒就流过耳后(当然,如果能顺便琢磨掉一些体脂肪,那就更好啦)。

我沉溺在无意识里。直到隔壁水道那个刚刚在我面前穿上蓝绿色泳装的太太,极为华丽地开始变换泳姿,啪啪啪踩水排浪超车而去。

她快极了,那些铺张、垂坠与窒碍,完全都不知道哪里去了。

我吓了一大跳。谁都以为她是在水里散步伸展那一派的阿姨吧!

她的年纪与刚刚我亲眼所见她的身体,让人完全无法想象,竟能够游得这么巧,这么好,这么果决精实,也没有夸张的喷溅与动作。

我本能地奋力蹬起水来,与其说是不甘心,不如说是种肃然起敬的直觉反应。可惜直到最后,把今天分内的里程数消耗完,都不能超越她。她完全是小说关键处一个意在言外的转折句,瞬间揭露,神醒眼亮,身后细细小小急急如律令的水花是一点又一点的省略号。

我喜欢转折句。世事到最后终于能有个转折的空间,也是很奢侈的。

这样喘吁吁地游不过她,不知为何,心里反而有点高兴。或许生活里遇见这种小型的戏剧化反差,总能令人感觉轻快;又或许是她这样精进,莫名涤荡出一点赋力与愿望。我也不明白。倒是原本带下水的紧绷与逆气,似乎在追赶她时一点一点吐出来了。我在水里漫无目的,傻漂半晌,翻个身起来,决定去洗澡,然后回家,好好写完这篇稿子。在更衣室里,我还是不会哗一下扯开浴巾袒现身体的,也还是不太想跟人讲话的。就是这么一个有毛病的不顺的人。不过,吹干头发时,若在漫长的化妆镜子里,与这位脱下了蓝绿色泳衣、正拿浴巾用力搓干大腿的太太四目相交,我一定会忍不住对她笑的。当然,她一定会觉得莫名其妙,心想,这个看起来阴阳怪气的女人,到底在笑什么呀。

辑一

（也不）是过于偏执

感觉有点奢侈的事

午后,用餐高峰时间过了,小食店的老板坐下来吃饭,想了一想,他决定起身从冰柜里拿出一罐卖给客人的啤酒打开来喝。冻得透透的。空气里等待很久的水汽,终于能凝成一滴冷汗,从瓶身上滑下来。

在超市买零食在药妆店买小东西,不必看标价,随手扫了什么就是什么,有一大篮(其实,我常觉得,人做着一份稳定薪水的工作,为的也不过就是这个)。一群人在差不多的馆子里吃饭,大家点菜要酒时,也不注意价钱。谈笑之间就掏钱买下房子的事,同样看过,但那感觉里没有奢侈,只是……对方刚好需要一栋房子,而又刚好有很够的钱。"很够"这个概念在形而下的物质世界里或许是奢侈的,但在精神上,它不奢侈。奢侈就是要在明知够与不够之间、过分与不过分之间,散漫无心地踩过来踩过去。

小女孩的长发上系着一枚方方面面无懈可击的丝缎蝴蝶结。小男孩的球鞋上绑了踢不散的鞋带。

长途商务飞行中,和空服员说:"请别叫我吃饭。"然后盖上毯子,椅子放平,结实地睡满十几个小时。说起来,再怎么样,飞机上的东西都没什么好,为什么大多人还是舍不得错过各种酒,错过水果,错过面包与奶油?"优雅就是拒绝。"香奈儿说。奢侈也是拒绝。但刻意的拒绝,就是假的。唯有基于"我好想睡觉"这类庸俗微末小事的拒绝,是真奢侈。

小孩子放学回家,妈妈已经准备好了冰牛奶与饼干或绿豆汤。价钱不过三五百块的时鲜,只有特定地方在卖,为了尝新,花三五百块坐出租车去买。大茶庄的孩子,偏偏不爱喝乌龙,于是家里人把上好的乌龙茶叶烘成红茶寄给他。

新春拜庙,什么太岁灯功名灯平安灯健康灯,能亮的,都点起来;前程如何,不必计较。

一整柜子一整柜子的红底鞋或铂金包不是奢侈,只是买了很多东西。没落的少爷在过年时,倾其所有，讲讲究究，跟家里人吃一顿好饭，那是奢侈。奢侈不一定是坏事，好比一个孩子小时候，坐在父执辈的膝上学认字，长大后才明白那是一代大儒。

切得比平常厚一点的乌鱼子（大概两枚五十元硬币叠一起的程度吧。太厚，又俗了）。整罐真正的墨西哥车轮鲍切丁和汤汁倾入一起煮排骨稀饭。拿鱼翅羹过一过，说是漱口，就撤下去，这样的事，同样见过，但那也不是奢侈，只是轻狂。"天狂有雨，人狂有祸"，日后，总会有人想起，为此叹一口气。

在合于人情义理的范围内，不做任何克制。例如拖稿；例如毫不掩饰撇嘴表情；例如一个人吃掉整盒糕点；例如富有技巧地适量释放恶意；例如漂亮的人坦然承认自己漂亮。花一整年的时间写出一小段旋律，或者三个月磨出两个句子，或者看见富有天赋者，偏偏不愿好好做合于天赋的事。

而像这样取了一个有点儿像《枕草子》的篇名，也是感觉有点奢侈的事。或许还加上有点可厌吧？但是，奢侈这件事，正要有一点点的可厌，就那么一点点，像一根养得长长的指甲尖，套了錾花宝石金指套

（对啦，就是你在《甄嬛传》里看到的那东西），搔一下，也不确定是痛是痒，也不伤人，可是仍然在心尖上，起了一丝红痕。

喝一点的时候

喝一点的时候我很好。一切都轻,一切重得拖住灵魂的事情,此时都轻得像灵魂,让我心无挂碍地做一个好人。

而灵魂可以随手像一张卫生纸被抽掉,像一尾憨鱼被勾走,或者就只是无所谓地浑身毛孔抖擞挥发而去,吹一口热气便能舌尖散火花,瞳光灼灼,人世瞬间一亮,心里若有结,来龙去脉都刹那明白。虽然下一秒又灭了,又是黑暗又是纠缠。但是我们早就无所谓黑暗,习惯了纠缠。

我想大多人小时候都有这纳闷:有时它看起来色如蜜糖,有时伪装成琉璃露水那样清凉,有时冒出欢喜踊跃纷纷气泡,但总是只有看上去是那样。其实味道从来不真的好,烧喉咙,闻上去也呛,血压升高,眼里麻痹不清醒,真不懂大人们何必自取其苦?后来才知道倒不是它苦，只是童年太甜。我也是开始喝一点之后才知道，长大成人，自取其苦的时候多着呢，也不差这一时一刻。

喝一点的时候我尽量跟自己讲清楚说明白，再怎么样，就只是这一点，少了或多了，不足以颠倒日常或太过动荡，都不会快乐。快乐就是这样人心稍微倾斜一点就溜开的东西，快乐就这么危险。喝一点的时候，未必是看上去听上去那样风雅，什么午夜的小酒馆，什么香槟或柯梦波丹或者大吟酿，什么漂亮的人们什么别致的故事……有时，根本也就只是像哪个老伯一样在路边的便利商店随便买很便宜的小罐威士忌或者金门高粱，没有声音没有剧情（当然也没有小菜）地下咽——像我素所喜爱一诗人的某篇题名《荆棘下咽》："眼角那魔鬼许愿／让痛苦在喉咙里开花。"

然而喝一点的时候，我感觉心里那一整排铁爪扣钢弦，被偷换成一卷丝线，怎么拨触都不伤手。大家诧异地说我显得这么亲切。"你不笑的时候脸可真严肃。""你平常根本不会说这么多话。""你忽然变得不怕生了。"但也只是如此而已。你一定听过写作的人有时喝一点才下笔的说法，不，我绝不这样，喝一点的时候你要非常小心，小心别把自己也不小心倾倒出来，在这个世上不小心倒出自己的人，都会覆水难收。但也唯有喝一点的时候，我对任何人能恒久忍耐，对万物都有恩慈，对我的恨不嫉妒，对凡事有些许盼望；唯有喝一点的时候，也是轻信的时候，轻信世界没那么多恶意，轻信自己也有可能幸运；喝一点的时候，紧攥的手指松下来，手心如眼张开，既不朝上，也不朝下；喝一点的时候，既不是神的时间，也不是魔的时间，不是降罪的时间也不是赐福的时间，而是理解的时间。理解了软弱，理解了爱恨，理解了世界上为什么要有励志书以及芭乐歌（指节奏缓慢的抒情歌曲）。

唯一可惜的是，第二天，一觉醒来，除了留下一点头痛，我又成了一个坏人——没有办法。人只要一清醒，就做不成好人了。

强迫狂

总是把双手的指甲剪到末路;喜欢上什么食物,就每天吃直到想吐;凡外出必得洗头发(曾经因为这样,一日洗了三次);忽然想起什么实在无关紧要的小玩意儿,一只手镯,或一张CD,"咦,好像很久没看见了?"马上就地发狂,就算耽误全世界的大事业或者正在拉空袭警报都不管,但找出来之后,也不过是:"噢,好,原来在这里。"随手放在桌上,心安理得出门。

在外用餐不断拿卫生纸擦拭桌面;床铺必定要有一侧靠墙否则不能睡(出差时进了酒店房间,第一件事经常是搬家具挪床);每隔一段时间,把电脑键盘按键全拔起来,拿肥皂水洗洗装回去;多了颗痣,会疑心到得皮肤癌;激烈不顾的时候,不管什么都要让它挫骨扬灰。

有一阵短时间里，中邪似的看了数十部亚洲恐怖片，日日夜夜一部一部，各种时空化身出没的各种怨伤苦毒，那些鬼才真是连死亡都不可治的偏执狂啊，我边看边怕边心安：大不了，就是这样子嘛。又有一阵子，过量囤积某个牌子某种香味的沐浴乳与乳液，至今都没有用完。

可是我已经不喜欢了。

大片大片的虚掷、大段大段的没有道理；很多时候不放过别人，更多的时候不放过自己；看所有事最不可闻问的一面，看所有人最不堪一击的一面，看人情里最可哀最不祥，或者最难忍的一面。为太多明知无谓无关的事折磨心肠；随时准备破坏，随时设法离开。我知道自己常常像个肖婆，我知道自己是一枚错字在一本绝版书里无从订正。有位医师朋友劝告："这样下去，说不定会变成真正的强迫症。""但也不全然如此啊，更多时候我是很散漫，很凌乱，很漠不关心也很缺乏意志的啊。"我说。

"所以,相形之下这些行为岂不是格外麻烦?"他显得更苦恼了。

谁不曾被无理的执念蛛网困在墙边呢?谁不曾无法謷解地做着荒谬事呢?谁确实放下了呢?谁真从牛角尖钻出来过呢?最终都只是不得已地在现实里把自己剪掉一点,折断一点,摘下一点,蜗牛角上才有侧身处,石火光中勉强学永恒。因为也不是真正伤筋动骨,顶多在行为里留下古古怪怪的疤痕,小小的穿孔,轻轻的撕裂,微微地摇荡不稳,看上去,多么无聊无解,不值一提,只是怪癖吧,只是件谈资,只是太想不开,只是太任性了……只是只是都只是,都只是小事而已。

但正是那些纠缠的小困难最让人难以坚强(好像三更半夜发生了牙痛)。而所有貌似轻描淡写却难以自控的仪式背后都有不可告人的悲哀。

活跃在昭和时期的作家吉行淳之介写了一篇短篇小说《轻脆的骨头》:妓女君子与年轻恩客过夜次日,必定拜托他一起上百货公司:"陪我办嫁妆吧!"然后用自己的钱，买件家庭用品，勺子或打蛋器。"为了把梦想拉近身边，她才出去购买这些廉价的物品。"肺疾暴亡后，君子留下一只手提箱，里面塞满包装精美但毫无价值的杂物。没人知道是怎么回事。

你的手提箱里装了什么呢？

乱　着

过日子我喜欢乱。

我喜欢回家时打开门，四下黑静，空气清淡，摸索着亮起灯，一室生活残局刹那照见。前夜未铺的床，今晨未竟的咖啡，上周未完成的书报，外出回家竟月仍然理不清的行李……或许有点烦，可是这烦里有体己，有证据，像刚换下来扔在床缘一件破家居服，他人眼里恐怕邋邋遢遢，自己身上却是贴住皮肤，摩挲有余温。过日子不是没有吃力的时候，不确定在这世界干吗，只好常常惦记着这些来不及收拾的事。有些人活下去，靠陌生人的善意；有些人活下去，靠不想留下一场乱摊子。

喝茶使同一盅杯，吃饭挟同一双筷，衣架钩子必须向着同一边……小规模的日常规矩，看上去很美，实际令我非常厌烦，好像一个人永远不够谨小慎微，永远不够求全,永远得维持一个你根本不可能永远维持的秩序。秩序。秩序实为恐惧与控制狂之女,像一件机器绣花,布面优美,反过面是一群突围不出的线头。所以,如果可以,我便尽量破坏。用过东西不归原位,但我记得最后把它放在哪里,如一个长情不褪的旧友;出门前试穿的衣服,绝不马上挂回衣橱,如许多半路醒来的梦境;让植物死,让猫毛飞,你一定记得那句老课文:"一室之不治,何以天下国家为?"问题是,就算有多少坚壁清野,多少霹雳手段,人在恶世败国,其实不能如何。

于是宁可乱着。我反对管理行程,抵制计划人生,光鲜富裕的人们谆谆善诱大家如何按部就班,从小处做开你的功成名就——不如,就从你的行事历开始?那我便把行事历都送人(或许这正是我人生走到这步田地的原因?小朋友不要学)。我喜欢任何稀烂不整齐的食物,没法儿分剖是非黑白的食物,藕粉,面茶,芝麻糊,剩菜剩饭倒在一锅煮成粥。一口是一混沌,天地七窍要开不开,我也无所谓。书桌是移山倒海的樊梨花,皮夹是天昏地暗的锁麟囊,但最乱还是作息，有一日我愁眉苦脸地说头疼了几天都不好，顶心周围几个大穴，使力按下，居然凹陷不起。"这就是所谓气血两虚。你可以不要那么晚睡吗？"中医师问。我想起小学二年级，父亲有一日说（记得是假日中午吧，我们站在街灯柱下，等车出门午饭）："你呀，我看你将来一定是胡吃滥睡乱穿衣的。"……我对中医师无可奈何笑一笑。

其实，每隔一段时间，也都会彻底清理一次的，像大部分乱着的人一样。然后很快很快，日子又追赶过来，积木一样层层堆起，我又把它推倒，换个方式重演一次西西弗斯。希腊悲剧到今日，真的没有进化；也或许我抗拒秩序，只是为了满足自己能将灾难一手挽回的想象与野心，像奥林匹斯山上诸神那样一面制造混乱又一面在混乱里行神力，一个衰衰的、穷人版的超级英雄，看着自己这么需要自己，心里都软了。是否其实西西弗斯在苦役里，也有种线头迷走暗窜，你与我与他自己都捉不出根底的悲壮的成就感？虚荣啊，电影里的撒旦说人所行的各种罪里，虚荣向来是他最爱的恶行。

一点恨

奇怪的是她家里没书，真的没书，中英文都没有，却大概在唐人街买过一本《张爱玲短篇小说集》，旧版本，开头一篇《留情》里，她在这句子旁想当然尔地打双杠："生在这世上，没有一样感情不是千疮百孔的。"一页翻过，墨水吃透纸背，表里都红得发狠。我想的却是：她若一时念及世上另有千千万万人也都在此处画线加圈，心中必定极不自在。

她住在太平洋西岸美丽的港湾城市，最好的区，最好的三房水景公寓与最好的楼层，四面玻璃剔透如万年冰，270°景观居高临下，晚上是漂浮夜行船灯的海面，白天是远山黛间水天青，她挣了半生，挣到了，撑住了。只有一次扭开音响时她说："歌剧真美，这才是高级的趣味。"被这么一句挣的口气泄了底。

养了只贵妇人不可缺的熊样巧克力贵宾犬。那犬愚痴，又馋极了，因为永远被她饿着，让它一直绒绒小布偶貌，"太胖我抱不动。"她说。每日花很多时间遛狗，遛狗时她总穿桃色粉色少女运动服与紧身裤，紧紧勾勒做工精良的胸部，眼线飞起如雕梁画栋，高跟厚底凉鞋，鲍伯妹妹头，是她六〇年代一手残局的青春。大多西洋男子看不出她年纪，有时藉狗攀谈，她喜得说不尽；或者在外用餐，对侍应小哥或中年男经理放出娇痴手段，对方若不为此格外地敷衍她，她又恼得说不尽。

年轻时她总招惹姊妹的男朋友，总不成功。那时候哪一家都穷，她家姊妹特别多，特别穷，她恨。二十出头在旅行社工作认识了香港人，总算嫁远了，也不是飞上枝头，婆家欺侮她无非也因为她娘家远，没有钱，学历又是未完成。她全年无休，怀孕也挺着肚子看守酒店底下的礼品铺，有一日，再次受婆婆与小姑奚落，她抽出收在柜子底下很久的一根球棒，把整间店的水晶小碗小碟纸镇瓷器小玩偶阳春白雪地捣干净。从此婆家人讲话，都很知礼。

八〇年代她做房地产，赶上全球大景气二十年，赚钱如流水，自此觉得娘家跟她"不是一个档次"，少有往来，但日后打离婚官司，财产暂时冻结，需要一笔垫款，还是跟姊姊开口；为了新男友回台湾做闺房手术，也是娘家人照应。两个孩子，一儿一女，儿子像父亲，有点儿太文静温吞，志向是卖珍珠奶茶，她不搭理，只带女儿同住。美丽甜蜜的女儿，她烧心入魂在名媛教育上花费金钱无算，十八岁进入哈佛医科，请母亲与姊妹飞去参加由她女儿代表致答词的高中毕业典礼，她们不疑有他地去了，一路受着她的张牙舞爪，我知道她是趁此把多年毒血一次利多出尽：半辈子过去，妒遍了这个那个，最终居然没有谁妒她，只好在世上那几个对她真心的人身上踩一踩。

"You filthy whore!（你个臭婊子！）"她说，这是女儿骂她的话，因为她有时把男人带回家。若一切是场虚构，那么这角色，这对白，太不创新，但现实人生，总能另出机杼：我听见她如何控制比例，让它说起来有三分伤心，又有三分得意。这是我亲眼所见：世间里，多少多少爱都无法保证救赎与天使，可是，只要一点恨，就能呵气成冰，雕成一幅地狱图。

如何做个局外人

首先你得别扭。"别扭"两个字乍看是"曲曲折折水,重重叠叠山",其实里面藏了一种笔直,让我想起一根拧歪的回形针。合不起,搭不上,虽说落在懂得的人手里也可能有大用,开锁,防身;但抵着皮肤时又难免戳戳的不安静,一如别扭总是附加无法解释的神经质心理,例如我深恨与人讨论作品与工作(我疑心许多写作者都如此),永远记得一个譬喻:"你早上吃了只好(或坏)鸡蛋,也不会想找出那只下蛋的母鸡";又例如,懒得费心争取理解,坏一点时趁机绊倒那些误解。我记得自己一上高中就整日迟到,读课外书,成绩不好,不参加任何班级活动,都是太无聊小事,但高一那中年女导师屡屡找我谈话。有次问:"你妈妈是做什么的?""我不知道,她说她在打杂。"她眼神变了,但我清静了好长时间:对于都会区白衣黑裙自我感觉良好的女校高中国文教师而言，这完全合理，打杂母亲，单亲家庭，出个破少年是天经地义，她妥帖了，不再追求解释。直到某日再度把我叫进办公室，面有困惑与祥云："今天我请你妈妈到学校来了。你为什么骗我说妈妈在打杂呢？"我噗地一笑："她自己说的，她说每天都在帮老板打杂，我怎么知道。她的职业是什么很重要吗？"对方没有回答。

扯远了。然后你需要害羞。忸怩，结巴，不直视对方眼睛，这是坏剧本里写的害羞。我在自己身上领会的反而是那些自然而然，行云流水，面不改色，看上去面衣好坚强，但底下是豆腐。豆腐在抖，豆腐要散，而面衣一咬就喀啦啦碎了。真正害羞到极点的人可能显得比谁都活泼：若不如此，如何遮掩心中指爪的刨抓与尖叫？道理近似老阴换少阳的变爻。某些友人很难想象我是最近三五年才被工作逼成一个貌似大方的社会人，只有出差时露尾巴：各国同业共桌用餐场合，之于八面玲珑者，是完美如蜘蛛牵丝的编织人脉机会；之于我，则是整晚微笑不发一语如蚕嚼叶的结茧时间。人与人，实在没有那么多好说。没有。那些过场的用来涂抹人间锯齿的每句奶油话在空气震荡一次，我就感到血管多堵一层，魂魄剥落一层。你不知道假装在乎是件多烦人的事。

以及冷淡。热忱，热血，热情，热衷，热门，热心，热闹，能避则避，没有罪恶感。地球已经过烧，凉一点也好。我疲于应付人情，如果是个电池人偶大概可以走几万步，跳几千下，不断眨眼一百年，但是假笑只需三次就没电。因此也从来只愿把力气费在接近喜欢的人事而走避不喜欢的，宛如蛾子奔向光。这其实是件你以为容易但总是太难的事，因为社会事正确操作方式是往热的地方去，但也因如此，或许我走过撞墙的路，落过死局的子，可是，我从不后悔：人会后悔，真正原因并非结果不如意，却是因为当初做了一个深知自己违心的决定。

然后，就能成功做一个局外之人了。便也无所谓十厄势或幽玄势，千层宝格势或云起成霞势。不觉得意，也不以为耻。或许有志长者或社会贤达或富贵中人天天摇头抱怨：为何此代青年多发颓唐之语？为何堂堂博士要去卖鸡排?但局外的人们不争取他们盖章,懒费时间解释。其实,世情到了真正缠乱不解的残局时刻,常是那些不长眼的局外人一不小心踩过去,打翻它。大人先生们,历史一向是这样的,别怕。

过敏时间

过敏这事情的中心主旨是：世界上，就有那么一件（或者悲惨一点，许多件）东西，硬要跟你过不去。

当然如果我们乐观一点，也可以想成是你的基因跟这些东西过不去。但结果都一样，反正倒霉的终究是你自己。

最讨厌的是过敏原往往一副普普通通人畜无害模样。空气中那一点看不见的灰飞烟灭，季节到时花与树压抑不住的纷纷爆发，花猫黑狗胖兔子。一颗睡眠药丸。甜草莓。脆花生。鲜鸡蛋。虾与蟹。热红酒或者冰牛奶……愈微渺愈险恶，愈丰饶愈刁难。我喜欢看食物包装上写着："本产品含有可能导致过敏的某某成分……"它可能只是小学生放学后边走边吃随手丢掉后在制服上抹抹油的小饼干，你向来不知道这小饼干有天竟然起杀机。日常的恐怖，风和日丽里的偷袭，这情境，日本人深得个中三昧。有时我忍不住想：他们的文学或戏剧那样擅长一种未必真正邪恶但实在无端的恶意，除了民族性之外……是否有那么点原因是花粉症实在太恼人呢。

我的体质一向很稳定，小痛偶尔，大病没有，不晕车也不晕船，一年里头最多感冒两次。可不知为什么，三十岁后特别容易皮肤过敏。总是忽然一天，从上半身开始，一个个不规则小圆，像窃窃搭上肩膀的一只手，沿着上臂，走向腕间，一捺一捺，微热的指印。它很知礼，再怎样也就是这样，不多一步，也不骚扰，无痛痒，只要穿上长袖我仍像所有没事的健康的人。最奇怪是白天它只是有点儿玫瑰红，甚至看不见，可是一入夜就如梦初醒，不甘雌伏历历浮起来，血路支离瘢痕破碎，好像在说它忍过了，它现在要张狂，要作怪，要在你的身上开派对，但也不用太担心，天一亮大家会原地解散，只留下地毯上的红酒渍。

我自己给自己的解释是，就像人到晚上总是比较不理性……但难免期待科学有说法，一个祛魅的不神秘的安身立命的说法。可惜医生也讲不出所以然。"总之就是过敏啰。吃药擦药，避免刺激性的食物就好了。"我忍不住抱怨，怎么这么大了才冒出这个毛病呢？吃的喝的都是一样的，怎么有一天这些好事变成过敏原了呢？他也只是笑一笑："很多人都这样，到了一个年纪，才忽然开始对某些本来没事的东西过敏。""为什么？""不为什么。就是时间到了而已。"我叹一口气。

为什么？不为什么。谁说世间种种为难一定能解释，非得有原因？就像那些你要不到的，那些不要你的，那些怎么样都输的，那些做不做都错的……有些时候有的人会告诉你关键在努力。快别说笑了。人类其实心知肚明，只是都不敢不忍告诉自己：努力就好的事，根本少之又少。你若不是等着，就是认了，除此也无他法：你何曾看过谁因为"很努力"而终于治好了他的过敏？

我爱剪指甲

我爱剪指甲。我每天剪指甲（是的，写下这行字时也正一面剪着）。

屋子里到处是指甲刀，客厅里也放，洗手间里也放，卧室里三把。化妆包里必须有，也不知为什么我指甲和头发发展非常迅速。常常听女孩们各种苦恼如何能让头发生得快一些，心急啊，留满一匹富余及腰的长发怎么就要三年？三年后人都老了。但我困扰却是每月必须固定贡献金钱以维持耳下三厘米形状。人就是这点贱。

最奇怪是年纪愈大它们动得愈快，好像鬼话里着邪附身的古人偶放在储藏室，一不注意就发丝垂地十指箕张成爪；小泉八云《怪谈》里一篇《黑发》也是蔓生难禁死了都要恨（或爱）。按照这逻辑，我大概是执念深到妖魔鬼怪的地步才会变得这样万物生长。

所谓发为血之余，爪为筋之余，有时也恼火觉得身体里那些筋血什么的根本是一直往外逃，它们不想留在系统里，它们发野，它们受不住镇压，它们要现形。玄门中视发肤指爪为祈福或厌胜的引信似乎也非全然无稽。

就只好一直一直修理它们，我常以大拇指指腹抵着其余四指指尖，检查它们是否不甘雌伏。我喜欢指甲刀刀锋一口咬下去时脆脆的韧性的"咔"一声。金刚声。破甲声。了断声。一片弯而带尖角的硬壳弹落，没有拖泥带水，小规模的穷人版的无痛的自绝。像是取来橡皮擦从末端慢慢将一具不应该的身体从纸上擦掉，只留下些碎屑，吹开又是张空荡荡的白纸。我一般会把指甲剪到离甲床不足半厘处，也就是再往下就要见血的程度，是关汉卿写的《秃指甲》："揉痒天生钝"，"纵有相思泪痕，索把拳头揾。"旁人说光看都觉得痛。有时也会惨遭阻止，那时我就说"好啦好啦不剪了"，几分钟后再偷偷继续。偶尔也幻想自己能多几双手脚，例如蜘蛛，或者蜈蚣，因为我不喜欢也绝不想要帮谁剪，觉得那对彼此而言都十分恶心。而我若对千手观音有任何艳羡之心,大概也不会是他得证菩萨果位,而是他有好多好多自给自足的指甲(话说回来菩萨才不在乎这种事吧)……我想这真是离菩萨道的心情很远而离闹鬼的人偶比较近的。

指甲太短其实挺不方便,粽子上的绳结拆不开,衣上松脱了丝线也揪不起来,有时连捏扣子扣都手滑得厉害;我的指甲偏圆长形状,据说好像还不错,大概是非常容易就能修整成美甲广告上的样子,或便于利用亮片亮粉水钻或在上面彩绘什么的吧……这样说可能会得罪人,但我常见美甲沙龙或美妆达人们各种五颜六色、非常立体,甚至特意使用凝胶将指甲延长的设计,都觉得那好像许多颗不同的心中好多不同的纠结,一路具象化往外从十指尖端爬出来……特别是夏天常见着凉鞋女子露出精致的足尖,我看得出那费心整理过,可是为了在上面作画,特意把脚指甲蓄到下弯几乎触地的长度,真的好吗?……但我无法说什么,坐立不安,回家第一件事就是把自己再剪短一点。

当然这绝对是我的脑子有问题。我知道如果可以，如果不会痛，我真的可能一把指甲刀就把整个自己一路剪成一大堆屑屑，可惜行不通，所以只好转向修剪指尖附近的角质与硬皮，然后找罐指甲油慢慢涂上它们。前两年我还用些高饱和度的亮色或深色，再前几年也不忌讳珠光或亮粉，不过现在大多用肤色藕色，浅橘或粉红，这些颜色软趴趴的，没什么力气，要仔细才看得出来，是我不愿让人看清楚的慰灵与超度。说起来不知为何，女鬼的故事里，大家总典型地描述她们长发披散，指甲尖长，大概觉得那是具体而微呈现了怨念之纠缠与锐厉，但其实呢，唉，诸君，短头发，短指甲，尽量不摆臭脸，日日咬牙写稿的克制类型，也不是没有的。

难　吃

　　这世上没有哪个厨子是以展现拙劣手艺为职志的吧？没有哪间餐厅是为了提供坏食物而存在的吧？但为什么，难吃的东西还是这么多。

　　"幸福的家庭都一样，不幸的家庭各不同。"食物也是。台北街头三步一饮五步一啄，据说处处好口味，但近几年我开始感觉步步是惊魂。不过人好不好无关出身，食物好不好无关贵贱，后来我不太相信一分钱一分货，便是尝过些貌似很像一回事餐厅的缘故，举目珠玑严饰，盘中绮丽艳说，有多用力就有多空，处处一无遗漏地泄漏手艺与想象的单薄。当然，生意还是能做，要多亏许多乐于以吃出贵价骄人的食客（近年大多是口袋有小钱而自居上流的年轻博客用户），我猜那心情有点像上了诈骗集团的当仍坚信下个月就有头彩奖金入账的老太太。又例如五六年前，我与一群朋友特地跑到荒郊野外民宅公寓里吃一桌被夸上天的私房菜，整顿晚饭老板娘站在桌边，每上一菜就渲染一次有哪些名人众口交誉，又是哪位政要金孙歪嘴挑食只喝她这盅汤，口水多过茶，我想遮住碗，众人迟迟吃不到亮点，一言不发，出了门，又气又要笑。

日常街市食肆则正好相反，不好无非因为太潦草，大多还是节省成本缘故，材料做法不精实，味精像下雨一样撒。台北一向是出外人的城市，出外人总有更重要事情等着忙，不强求的韧性在小吃小摊上特别明显。吃的人与煮的人彼此有默契，大概都是便宜，吃饱，也就算了，这是做生意，不是过日子，真要好好过日子，等我们在这繁华夜都市都搏得一盏灯光闪闪烁时再说吧。有时也看得出掌勺者其实非常不擅割烹之道，家常口味都力有未逮，只是卖油汤，大概是相对容易的小本生计，你要吃饭，我要吃饭，所以硬着头皮也得上，油一点咸一点，鸡粉下多一点，看看能不能把粗粝多渣的现实，一时匀过去。

描写肴馔之美有各种各样诗文成语形容词，天女散花似的。就算是丑陋也有恒河沙数说法。可是难吃这回事，讲来讲去，竟也就是俩字"难吃"，顶多加一句食之无味，或再加一句难以下咽，它从舌尖起就全面解散了想象的可能，欲望的反高潮，所有人的不屑一顾，当然也从没谁费事写一本《某城难吃指南》。有时，它只是一心渴望往更好的哪儿去，却完全走反了路；有时，它就是欠缺了什么，灵光，性情，精巧的思虑……我觉得，再也没有什么事物，比它更加适合诠释人间生活里一种常态的平庸，以及无人惜视的哀感寂寞。只有偶尔经过一些失败遗迹时，终于会多踟蹰一眼：看见铁门拉下，贴着一张红色招租纸，或者当时滚沸的白铁锅炉，凉在一边，上过当的我，虽然曾经可能很生气，觉得这里的鸡是白死的鸡，猪也是冤枉的猪，但最终如此一景，仍然会不知不觉"啊"一声，半慌地想：里面曾经努力过的谁，是否也被这挑剔的城市草草率率，嫌难吃又不得已地吃掉了呢。

算　命

　　老话说"穷算命富烧香"。不过台湾人无论日子厚薄，都是也要求签也要问卜，也要看风水也要看相的。不知是否因为长期处在一种前途未卜的浮岛状态，或好或歹，心都不定。我们孤悬海上，里外无依；我们太多事情靠自己又有太多事情靠不了自己；我们算命。

　　年轻一点时我也很着迷术数之事，乱无章法地自学子平八字与斗数（当然技术拙劣。这十分讲究秉赋与灵感，比任何技艺更须乞灵于天地）；听见哪儿有不世出神准的"老师"必定召集众人前去考察；至今不吃牛肉，其实也是少年一次问命之后养成了习惯。这些命理师常在民宅里，巷弄堆积曲折，楼梯埋伏阴影，在各种桌前（红木书桌。白铁办公桌。茶几。麻将桌。饭桌。）我见过不可思议的烛照，也听了不少胡说八道，传统东方命理观讲究雍容平稳、正大中庸，它试着导引一个凡人如何在一群凡人里过点不惹眼不招灾的好日子，因此，算命便成为验证主流社会与一个冒昧者（如我）相看多么两相厌的管道："个性太强，这样妨夫。"（那就妨吧）"命中有贵子，不生可惜了。"（那就可惜吧）"几岁几岁有正缘、几岁几岁有婚运。"（谁问你这个了？你不如告诉我几岁会发财。）"没什么偏财运，好好工作吧。你适合当公务员。"

这大概是为何有一天我忽然就不算命了：年纪愈大脾气愈差，总有一次要翻桌。当然，我仍尽力冒昧地活着，也仍然是宿命论者，坚持不相信"命运掌握在自己手上"。那是好命人的托词，幸运者的不谦卑。有些人会说："我很努力呀。"假装没看到那些其实更努力却一无所有的人。如果命运真掌握在自己手上，世间为何总有怨憎会爱别离求不得，又为何总有那些你滴干心血依旧奔逐无效的梦幻泡影。

古典传递至今的民间耳语里，神而明之的算命师不免身命见亏。贫病，孤绝，无后，驼背，跛足，倒是绝少听说瘖哑者——那就没法儿说事了。眇目者最多。我们很愿意相信被剥夺者能够获得冥冥馈赠,凿开心眼,天机如一线游光洞透无明,照见众人的条条盲路通往或者不通罗马。这大约是大多数无伤者对不全之人最慈悲的想象,象征性也非常直接:活着是条鬼打墙的夜路,而我们都是瞎的。

所以后来我猜,那些因畸零被视为灵机有信的预言者,或许只是因为真正吃过了苦,遭过了罪。他们知道受摧折是什么,匍匐前进却一潮还有一潮低的人生又是什么。他们闪烁的微笑里是对你与他自己的同时理解,或者狡猾地敷衍你那些他也曾苦苦盼望的预言。没有人比他们更懂安身在俗世的困难与焦渴。而你进我退,讨价还价,像一支浮躁的探戈,算命实是让人心照不宣地把命运这样广漠的洪荒的字眼,解得油滑,说得俗滥,天机四伏的对话,也就是名闻利养;百魅丛生的术语,摆来摆去,总不脱什么时候结婚,什么时候生子,该不该换工作,该不该买房子。

被当代励志套语视为无上珍贵的"啊!生命!"就这样世俗化、通俗化、庸俗化了。"子不语怪力乱神"，孰知今日，怪力乱神反倒为人除圣祛魅，然后就有点难堪地懂了：明说或暗想，谁都多多少少觉得自己的命格与众不同吧，可惜话到头来，不俗不是人，在天地随机摆弄的脸色面前，到底也没有谁与谁真的不一样。

旧　路

小学毕业，母亲坚持将我送入私立住宿中学。那是1991年，父亲谢世一年有余，母亲结束专业主妇生涯，月薪一万八千元。而我就读的学校一年学费十万。以是，周遭人等劝告家计沉重、太过吃力者有之；背后讥谈是打肿脸充胖子者亦有之。母亲只说了一句："你们都要给我争气。"

但我在那里度过的第一个学期非常窝囊痛苦。当年没有手机，母亲亦不许我没事打去她办公室，能跟家里通话时间只有晚自习下课。学校公用电话僧多粥少，每节自习快结束时女孩们个个坐立难安、腾空离座（不能站起身，被宿舍组老师看到会扣分）、手心捏着电话卡（谁还记得这东西！），铃声一下——第一当还没响完，脚快者已破门而出冲到楼梯口；钟声结束,队伍早就排得很长。

我记不得当时每个晚上都跟母亲说些什么,只记得常常讲着就哭了,记得我边哭边问:"你为什么要送我来这里?"母亲说:"你要学习独立。"有时她看看时间,知道必是我来电,便故意不接;我与家里通不上话,更是强迫症似的苦打不停,或是暴力响铃持续一两分钟,直到她生气接起,与我吵架,或是把我挂掉,或是干脆直接把话筒拿起。嘟嘟嘟的忙线声,我气急败坏,一拨再拨。

所幸一个学期过去,包括我,那些每天跟我一起抢电话的老面孔也都渐渐习惯生活,一周顶多两通,平平淡淡,报个平安,或者确认明天父母来接回家的时间。当然也不再提"我要转回公立中学"的话了。是因为变独立了吗?其实我不知道。

"那时候每天晚上被你电话打得烦都烦死了。""我那时那么小。"现在有时我们仍拿这事说笑。但我没说的是母女之间许多事亦未必能够真知。我至今认为大多数人不能全然体会当年的我发生什么事。

其实说起来,也没发生什么事,只是一个小孩常常需要确认至亲没有再一次在她无能为力的某个瞬间就此离去。这之于一个十一岁半的孩子实在难以说明。

又如同当时的周一早晨,母亲固定从家里载我回学校,永远走一条旧路,那是一条无人能开解的焦灼的路:这会不会是最后一次见到母亲呢?

父亲不就是这样吗。那天傍晚他说要出去应酬。深夜有人打来说出了点事,母亲赶出门找小阿姨来我家看孩子。次日清早我背书包上学。第二节下课我打电话回家,小阿姨说,爸爸没事,你专心上课。中午走进家门,他们都在客厅围着母亲。我已经忘记是谁跟我开口的了。

那天傍晚他说要出去应酬。我说你不要去嘛,我常常这样向他"晓以大义",但他那天不听。我很不高兴,自己坐在饭厅低头吃闷饭,赌气不送他出门,他在门口像往常每次那样喊:"妞妞把拔出门啰!"我也没有跟他说再见。

彼时狂乱的执念之源或许不全是柔脆恋家而已。

不过也二十多年了。是可以说"都过去了"的时候了。以前的我与母亲,是青少年与中年人;现在,是成年人与成年人。旧路慢慢走平。如今唯一难以去心的是我到底未曾真正争过什么气,直到今日,仍时时让母亲忧虑操心,陪我掉泪。我不是一个好孩子。

坏电话

春末开始我的 iPhone 变得时好时坏。不管发话或收话,接通时对方经常完全听不见我声音,守口如瓶,一点儿噪声音渣沙沙响都不泄漏。我试过拨自己手机听听看,发现那听觉的黑暗会让手上电话忽然鬼拉手似的沉了一沉,像是正打给一枚陷溺流沙的化石,或土重金埋的铅块。同时谁也没有将它起出来的意思。"喂?喂?……喂?……"对方不断"喂喂"呼唤,有时一直叫我名字,叫得我六神无主,只好果断把电话挂掉。至今从来也没有挂过这么多人的电话。

然后就得回头赔罪找各种理由解释啊手机短路了大概是天气太热了或者接触不良或者根本是苹果要逼人换新款 iPhone 吧……修了几次,也没修好,一时也不想换新,后来有些朋友非常聪明,打来就呱啦呱啦自顾自报上名说完要说的话后收线,留我在另一头羞愧躁动,几次下来,大家一致婉转而不失教养地说快办部新手机吧,言外之意是你这样是要逼死谁呢?到底怎么是个了局呀。

当然是逼死我自己。单向的叩问,单向的抛掷,投桃难以报李,花钿委地无人收,这头总之不应;或者反过来看,不管颠来倒去怎么说,那头都不听或不能听。像苦恋,像祈祷,像阴阳两隔,所有沟通困境的原型都在里头,法国人说离别如小死,我则是每接起一次这坏电话就进入一段注定无可善终的关系,谁都得不到说法,凭空留下话头,非常灰心。所以后来常让电话兀自震动(我总是关着铃声),感觉像电影里的谋杀,枕头捂住嘴,呜呜闷声乱踢乱扭,我则坐在那儿等它断气,按照来电显示回拨,结果,通常也不是什么大事。这又是过日子不免遭遇的被人生取笑的时候:大家急了半天,到底也不是什么大事。也没有了局。

其实我一向非常讨厌打电话与接电话。我记得钱锺书梁实秋都曾各自在作品里表示过不苟同电话的意思,老派人认为它太粗疏,不体己;这时代的我的别扭刚好相反，觉得与世人声息相闻，实在太近。这大概是长期训练着自己扮好孩子装合群的反作用力：拜托，你以为天性里那团黑洞真会放过你？所以我从不接家用电话，它响一百声就让它响一百声，响一千声就把线拔掉。最好所有事都通过简讯或 email 说定。脸书也可以。而如果我对所谓成功人士有任何欣羡，唯一就是他们有秘书或助理帮忙应付电话。有次一个朋友抱怨她的下属样样都好，就是十万火急时还慢吞吞在那儿写电子信，"她为什么就不肯动手拨个电话，花三十秒把事情解决呢？"我说对啊，真不知是为什么！可是我完全懂那踌躇，那一整天盯着话筒心里绞不完的手帕或撞不完的墙；地狱有时就可以这么小，这么无稽。

手机恐怕就是长期被这怪异的脑波干扰而坏掉的吧。整个夏天它像半吊子的阴阳眼，高兴通就通，高兴不通就不通，意思大概是：哪里有那么多了不得的关系要维持？哪里又有那么多了不得的热闹要关心？生而为人，你应当懂语言与沟通的假大空，你应当时时准备着孤独，无人听取你的声音。

忘以及种种

那是多年前的事了。有一天我忽然忘了自己家的电话号码。全忘了。八个数字像八个放学的小孩统统跑出去放羊,一个也没给我留在家里写功课。几个小时过去才忽然醒觉过来。当时二十五六岁吧,其实是件破碎到不能再破碎的日常落漆之事,却正因如此,那瞬间反而清楚知觉到一种小规模的、"人定不胜天"的暴力感,仿佛伸懒腰时无意碰触身旁通了弱电流的隐形铁丝栏,知道从此过日子都要看头看尾的了。

若确实是器质性不可逆的失忆,或许也就硬下心放弃。明知它们迟早要回来,反而不痛快不干脆,愈不痛快不干脆的事愈是诱人偏执。我心生威胁感,固执绝不问人或者查看手机,仿佛不靠自己记起来的话下半辈子必然完蛋。坐在办公桌前一边喝一杯茶一边乱以他语,这时不能使丝毫力气,羚羊挂角,别惊动羚羊,你追不上的,必须匍匐迂回,不动声色,在八个数字裂解出的整条恒河沙砾中等待唯一有效那一粒忽然流进手心。当时觉得这不过一时短路,但现在想想,有点感到那像是一场意外的降灵会,几次忍不住在心里硬动员的瞬间,脑中一再出现的竟是我离职许久第一份工作的公司代表号,这多像是抽到一张暗示人生有多累的下下签……最怪异的是,我居然一直清清楚楚记住整个过程。

或许这就像倍加珍惜的瓷器上擦出的第一道刮痕。然后一道,然后又一道,然后愈多愈密。原本照映万事如镜的光泽磨得蒙蒙的,渐老渐旧。近人自豪的生技医美等等异术在此全无用场。

但一直以来我们保留或舍弃记忆的原则到底是什么呢?至今也没有一定说法。"忘"这看来微细的小事,其实是压倒性的动词,再伟岸的情感,再暴烈的事件,都可能也都可以成为它弱弱的小受;无论多么有志气的人也无法彻底控制自己的记得不记得或记错。一般常认为文职的职业伤害无非在脊椎(长时久坐),腕管(不断打字),眼睛(过度操劳),肝肾

（憋尿与熬夜）……整组坏了了，但负伤最重的到底还是脑子。我从小丢三落四，背书考试也只是普普通通，不过课本以外的书报翻过了，大致都能不忘，哪个句子哪部情节在哪本书里哪一页也算提头知尾；谁知二十几岁后，一本小说读五遍还像新的一样（不知道该算赚了或蚀了……），特别近来我极困扰于脑力与精神的透支，不断不断忘记自己要说什么，心里永远有事像流星闪过但也像流星一样转头就断线了（例如，写这篇文章时，我起码忘记两到三件以上的材料与预备好的修辞）。以前听说岁月终究要收网，无非半信半疑，但我们这批二十、三十、四十世代的过劳穷忙已成定局，恐怕大多衰弱得快。这几年很多论述在谈财富与社会正义如何遭到五鬼搬运，但我总觉得更致命的，是一整代青壮年人的精神余裕与脑力，是如何无止无尽快速见底地被浪掷，被掏空，被贱用。多么冤枉。

同样道理，相较于记性不好，真正忧伤不可挽回者，其实是忽然发现享用各种情感奇观的知觉受器，一路竟不知不觉被自己或他人捏坏得七七八八了。这不是励志故事中的感叹"我们不知何时遗忘了童心／初衷／纯真……"（那些事没有遗不遗忘的问题，它若不在，就只是死去而已），而是接近柏格森（Henri Bergson）的说法。柏格森把记忆分成两种，一种是机械的、断裂于情境之外的事物；另一种是全景的、具有连续性的完整召唤（最好例子，就是《追忆似水年华》的玛德莲），他认为后者才是真正记忆。后者之损失也最令人痛惜怅惘。少年时我完全不能理解，有些已成一代宗师者为何会在中老年时忽然回头，做出些极青春妖媚、缠绵抵死的创作？但这两年我渐渐有点懂了，或许是太怀念那些洗涤精神的情感，那种从你甚至不知道身体有那么深的深处所发出的震颤，但这就像反复核对一张过期未领的中奖彩券，或是追捉那只受惊的羚羊，起步之时其实也代表永必失落。

小说或电影或最普通的日常生活里，许多场景以这些话开启或结束："我忘记了。""他已经忘了。""原来你都忘了。"大多时候，我们认为人际生活中没有什么比遗忘更坚心更决绝的表现了，完全涂掉关于特定对象及其相关细节，好像已经最狠，但仔细想想，它有时仍是大脑花了很大力气硬乔出来的局面，未免还是太过煞有介事，就像你忘记一张脸的方式也并非把五官摘掉留下蛋壳般的空白面，而是像照片泡过水那样漫漫糊掉。又好比脏东西落在心爱的衫上，若一刷再刷，满身大汗，让肥皂块宛如人鱼公主愈洗愈小最终在泡沫里流尽，仍然有那么一点点，就一点点，强迫症患者看了浑身起逆毛的残痕坚持不去，最后生气地将不稀释的去渍剂或漂白水整勺倒上，那么，克服污迹的同时颜色也斑斑褪去，被遗忘刷落的半片淡白，其实更加挂碍，像特意腾出一个位置在那儿给谁，还是有些绸缪。

所以在算是稍稍经历过人与事与物的现在，偶尔也会有这类时候：以固定方式进行生活，路线上有愈来愈多旧时堆积，日久年长一直都在角落，没有闲工夫处理，某一天忽然注意到，起了好奇心，"咦，这是什么？"蹲下身，一边翻拣一边想，啊，是这个啊，原来都还在这啊。但没丢掉也无关其他，只是懒于针对此事劳动，所以，它要在那里风干也可以，化泥也可以，升华也可以；它若维持原状，也没什么不行。

那时,我就忽然明白了:比遗忘更狠更干净的,其实恰恰相反,正是不忘。

而比不忘又更狠更干净的,叫作不怀念。

辑二

（也不）恒常的场所

自己的浴室

在外租屋的那阵子，我住过一间合租公寓，其中一对室友是研究生情侣档，几年相处还算融洽，唯一困扰是共享浴厕太破旧，而情侣档里那整齐温顺的男孩，常像青少年似的弄脏马桶周遭。我每进浴室，便强迫症发作扭出大量热水冲洗地板，并且会在一间好餐厅的化妆室里，忽然理解了商业空间是如何作为物质文明的先遣与表白；也忽然完全明白《孽子》里清秀的吴敏为什么对阿青说："张先生这个家真舒服，我一辈子待在这里，也是愿的。你不知道，张先生家那间浴室有多棒。"

今日浴室的微妙处在于它以一种隐秘的方式表现生活余裕。拜抽水马桶、自来水管线与现代化之赐，漫长历史之后浴厕合一，并终于和苹果或鸡蛋一样全面下放，进入人类家常空间，我们已非常习惯清洁的身体带来的基本尊严，极少想起它的贵族体质；但若说起"日子过得到底滋不滋润"，那一条线又仍然画在浴室的门槛上——浴室洗手水槽的英文就叫做"vanity"（虚华）。好比你为饭店房间评分，至少有四成得打给浴室吧；而在中产阶级家庭的三房两厅里，将金钱时间与空间投放于半隐私半羞耻半享乐的浴室（及相关行为）上，便是"花费"的第一步。例如一女人，若想将浮华色相进行到底，关键必然不在她外面如何地进厂维修最小细节、如何桃红又如何柳绿，而在于她懂不懂穿一套质料得当，称身适色的内衣。

我非常喜欢日本作家高桥源一郎的短篇小说集《性交与恋爱的几则故事》，在里面的同名中篇他写了一个不得女人缘的青年男子"木村朔哉"（这名字真是恶意啊），无业，靠乡下老家寄钱接济他的东京生活，手头当然很紧，但无论如何，他要租带有淋浴间的房间，因为"没有女孩想在没有淋浴间的地方过夜"。这桥段的困窘正好增一分太多减一分太少地捏出浴室一种玲珑浮凸、关于"更好的人生更好的我"

之想象，但转过身来却是一个司空见惯的小型悲剧场景：想也知道，没有女孩子去过夜的原因当然不在淋浴间……人生考试之所以不及格，大半都从画错重点开始。

曾有朋友告诉我他们家里从不使用浴缸泡澡，"因为太浪费水和瓦斯"。我不是不懂，只好答：也对啦，毕竟未来恐怕是为水资源引发战争的时代了……又听过以割房包租为业者说，房间小一点、没有对外窗，都没关系，但租给女学生或OL，那浴室一定要新颖才讨喜。众人都熟知伍尔夫的名言："女人若想写作，必须有钱，以及自己的房间。"但后来我想，女人无论写不写作，大概都最好能有自己的浴室吧。要有烫破皮肤的热水也要有漱在口里牙根酸软的冷水，有夹缠在排水口你自己的发丝，有一面如实的镜与镜中人，有各色香味用品，有粉，有灯，有蒸腾，有澡盆。富裕点的或许还有落地玻璃窗，大理石浴缸，独立化妆小间，但不论如何你一进去就可以拿背抵住世界千军万马；一出来，干净了，彻底了，抖擞了，底定了，又能继续决断杀伐直面战阵。唐明皇赐浴华清池绝不只是一个单纯的爱情故事。

后来我再没住过浴室那样糟糕的房子。可是我又发现,再优容再舒适,在里面消磨的时间,其实也就如此而已。它存在那儿只是个"你可以(或者有能力)过某种日子"的暗示与自我安抚,说起来,或许不比"木村朔哉"高明到哪里去。而我现在对浴室唯一更多憧憬,是希望有天能在淋浴间与浴缸前装上连线的电视或触控电脑,这样洗澡时我就不用中断原先的阅读、电影或工作……如此念头,想到时,觉得很有道理,但现在这样写下来,才忽然发现:活到这样,好像有点完蛋。

在这里

这里是等人,这里是不等人。这里是在了,这里是不在了。这里有时走不开,这里有时回不来。这里口音变乱,银河震荡,负着天,贴着地,机关重重,人身微细。我喜欢这里。

广告常想象这里不是悲就是欢,不是离就是合,不是开始就是结束;爱情电影回心转意都追到这里,动作电影千钧一发要突破这里,艺术电影拉一幕五分钟灰色远景也是这里,但我感到,大多时刻,这里其实什么都没法儿是。虽然也能吃也能喝,也能洗澡,也能睡一觉做个无稽的梦,也有祈祷室,有时甚至放座大佛,可是含着一口气在这里总是差那一步不能全松下来;有的装置许多美丽的店,有的摆上一整排叮叮咚咚游戏机,且多多少少为你准备些醇酒胭脂烟卷巧克力糖。想想那些甜,那些瘾,那些香气,以及它们被赦免的进口税。

但我正喜欢它的"什么都没法儿是"。喜欢它空中的悬念，喜欢它地表的未完成，十方来十方去，我喜欢它丝丝不入扣，与各处发生关系却与任何地方没有关系。我喜欢它光是存在就貌似指引众人更好更远更高的方向（若以我们都会式的广告文案说法，大约是"给自己一个离开的机会"），却从不需为此负责。它像一个见神说庙见鬼说坟的算命仙："姻缘当走东南，花开满枝。事业必求西北，金马玉堂。"莫测高深的人生转机，五里雾中的飞黄腾达，就算终究是空，我们仍无怨言。我们有时只是非常需要谁来轻言承诺几句好话。行李转盘上轮回的都是那些一般不会成真的好话。

拥挤时这里是小喇叭喷薄而出催高一串音符，空旷时这里像颗玻璃月球，在每人脸上投下一纸透明阴影。这里迎来只能站在一道门口，送往只能送到一条线外，它制造简单人生桥段与简单戏剧性，但结果总是结在别的枝上；就像不管多好，不管有多好，没有谁想留在这里，所有人都有另外一个地方要去。或因如此，这里人们很少真正显得特别快乐或不快乐，大多是摇摇晃晃的，恒温，手推车，打亮光蜡的地板，纸表格，暗门密道进出一闪而过的巡逻者，禁止与许可，延迟与准时，全面被时间感填满的空间，想办法花掉手上最后一点小钱——除非是畸零错过或者包藏祸心，否则，这里通常什么都留不下。

不过我最喜欢的，还是一个朋友故事：十多年前暑假，他往北美探亲旅游，回程机位超卖，于是被升等搭乘商务舱。与丝绒一般生活方式的初对面。"照理应该要记得飞行过程很舒服吧？但我不记得。我只记得在爆满的候机室里，和少数人优先登机时其他旅客的眼光。那时我完全理解有人为了这眼光可以不择手段。不过，至今仍对这感受印象深刻，很令人羞愧……"

"没那么严重吧。反正'万一'是不分阶级的，如果当时真有三长两短，"我说，"不管你在这个舱那个舱，都是一样要去那里的。"

"也对。"他点点头。不过我们随即意识：在这里讲那里，好像有点不吉，便自然停止了交谈。大面玻璃窗外，许多人正赶来这里，许多人正离开这里，我闭眼假寐，距离我们等待的转机出现，还有四个半小时。

旅馆的房间

据说你要先敲敲门；据说进门时要侧过身；据说一进去要把灯都打开一次；据说鞋子要颠倒放以免有什么跟来了……即使像这样，什么古古怪怪的动作都做足，在旅馆的房间，我还是没办法睡。

三谷幸喜自编自导的电影《鬼压床了没》里有这样一段：蒙了生死大冤困在旅馆的鬼武士，问现代的女律师："目前法院使用陪审团制吗？""咦？你对现代的事知道很多嘛！""嗯，"鬼武士点点头，"旅馆客人晚上睡觉时，常常会很害怕地把电视开一整个晚上……因此，我从看电视中学到了不少东西。"

"啊！"戏院里大家笑了。我有点儿激动想要抓住他："我知道你在说什么！我知道。"

一个人出差住在饭店我往往亮着所有灯，电视开着彻夜叽叽咕咕报新闻（不可转电影台。我曾有半夜醒来一抬头发现在放恐怖片的经验），真正睡不好的原因根本不是房间到底有什么问题，而是被光线与声音搅得神经兮兮。有问题的一向是我自己。

且地方再好再奢华都一样，甚至愈好愈奢华愈可怕。莫忘《鬼店》里血溅何止五十步的度假山庄也十分高级。你在路上（自愿或不自愿的），你正前往一个方向（谁知此后有没有回头路），你暂时必须在一个地方歇下，不是谁的，不是任何人的，它总是清白彻底的样子，什么事都没发生的样子，没有皱褶的白被单，没有水滴的浴室，没有痕的杯，没有灰的镜，可是你怎么知道是不是有谁前一夜在这里苦了或乐了，是不是有谁在这里失去信念，或是误解世界，或是遭到伤害。即使只是好好睡了一觉，太阳出来他就走，夜里总有点梦，也多少要落下一鳞半爪。

这里留过再多人，也都是没有人。既公共又私人的空间造成一种异质空气，令人感觉阴阳魔界四面埋伏，所以这真是矛盾啊，明明我那样地讨厌与人接触，可是当我一个人在路上，夜晚若听见隔壁微微有动静，走动，看电视，打开衣橱，关上衣橱，我便可以好睡一点,感到拯救。人往往都是在小事里被拯救的。我绝不会投诉"你们隔音太差"。

但我讨厌客房外的长廊,尽管总是灯光柔软走在地毯如踩小云,可是那曲折与一扇一扇的门令人心情不稳;我讨厌对正了床铺的镜子:不断看见自己的感觉不好,若真看见别人那更加不好。我讨厌两边不靠的大床,使我没有办法拿背抵住墙,蜷缩着对抗这房间,这个我被凭空抛掷进来像鬼附上陌生身体的房间。我只喜欢清洁女佣在谁也看不见的时候,推着车喀拉喀拉轻手轻脚经过了,停下了,几乎总是只看见她们那装满毛巾与备品如一间小坛城的车子,全是富饶的幻觉。有一次我必须走很长一段廊道才能搭上电梯,一路跟在一个高大灰发西洋男子身后,是饭店的管家吧,着燕尾服白手套黑皮鞋,然后,经过电梯口,他走进了旁边的墙里。

我还没有意会过来,未几他又推墙而出。啊。那是老式欧洲旅馆沿袭贵族宅邸的做法:墙面上藏着天衣无缝的小门,专供仆佣在大宅里如幽灵移动——贵人们大概是不喜欢看到服侍人成天在眼前扰攘奔走的。我们四目相对，愣了一下，毕竟那门的开关也就是尊严的切换时间。但一秒钟，他马上颔首微笑为礼，我也点点头，笑一下，他轻轻又退回那墙里，电梯门开，我有点恍惚地走进去。

那时少女宿舍

那时住在宿舍里的是一群十二岁以上十八岁未满的女孩子。这在 B 级杀人电影里是一种样子，在鬼故事里是一种样子，在《简爱》的罗伍德（Lowood）寄宿学校是一种样子；当然，在猥亵者们眨巴眨巴琐琐碎碎的心眼子里，又是另一种样子。

但其实只是清晨六点半早餐晚上十一点熄灯，灰色洗石子建筑背着小坡面对整排槭树，湿气重，八个人一间房，钢床架上覆一片轻木板，轻木板上铺一式一样的枕头与薄垫被，每日须以铁丝衣架把那床铺推得一点表情都没有，上天爱世人，上天爱女孩们，女孩们不可皱着脸。三夹板衣柜里挂着一周换洗的制服运动服，抽屉里放的无非是些麦片奶粉维生素感冒药，日记本，花花样样信纸卡片小纸条，那时没有手机 iPad 笔记本电脑与博客，外校的男孩子或好朋友写信寄来,藏在课本底下慢慢地回,慢慢地等对方回。哎,那时,十三四岁的那时,谁若收到哪个高中男生的来信还真是件大事。

那时还有发禁。女学生们节省内务与盥洗时间,常把头发理得短短的,回到宿舍就衣不蔽体抱着脸盆漱口杯各寝室里串来串去,长短各异的肢体,长短各异的心事,想起来真奇怪啊,倒是完全没有曲曲折折的性的召唤与羞耻,简直就是一园子只生着雌蕊的花慒慒地开着;恩恩怨怨也像当年那些高中男生一样,想想,也不过如此而已。当然日子里不缺乏少女的残酷,但和庞大的集体生活比起来,那真是些小把戏。集体生活。在正要长成的那时,也不知算好或坏,我猜我长大变成一个梦想老后在独居公寓里死去给猫吃掉也无所谓的人,大概和那几年又乖又听话的宿舍生活脱不了关系。

势利的女训导主任是有的,不善良的女舍监也是有的。少女与中年女子的关系,若非母女,那笔账真是算不清。不能听"随身听"(这东西在二〇一三年也停产了)。不能吃零食。五〇年代美国郊区清教徒式的德容言工,女孩们,你应克己,你应节制,欲望存在的唯一意义就是让你体会不满足。但学校的创办人又是夙有豪奢之名的一代大夫人。有些女孩爱抱怨这是监狱,是集中营,是尼姑庵是修道院,要说服自己与世界她是不可被管束的,她有那么自由的灵魂。多年过去,那些最爱抱怨的,最活跃的,最出风头的女孩们,都成了最主流最规矩最保守的中产阶级妇女,成了她们当年顶撞的训导主任与舍监。

最后,一个学期过去,寒暑假又到了。在此之前,早就得陆陆续续每个礼拜带点儿针头线脑的零碎回家,但到了离校日当天,仍然愁眉苦脸发现,行李怎么还是那样多那样重?通往宿舍的长坡道上,许多中年男子驮着棉被扛了睡袋左手右手大包小包牛马走,接他们的孩子回家放假,五分温馨,五分可笑;而日后,我在独居的日子里,学会将自己尽量地减少,尽量地降低,恐怕也是那时少女宿舍里学会的:总有一天,包袱你要自己扛了。

夜市男孩女孩

　　台湾的夜市，像老太太有个三岁五岁的小孙子，太久不见会想；见到了，没多久便觉得闹觉得累觉得有点儿烦。可是如果外国人嫌他脏嫌他吵嫌他没家教，心里又很生气。

　　因此相较于楚楚衣冠，空中楼阁，灯光美气氛佳，呵呵哈哈你今天很美谢谢我吃不下了这些文明废话假试探，我总认为夜市才是认真约会的好地方。它脱略，混乱，满头大汗，五感强烈，谁都没在客气，失去风度与耐心，它袒露出人类生活中不可能避开的那些刮人与破绽，起毛与直白。你要边走边吃一嘴油，你要时时帮对方注意脚下不要踩进脏水，你们要不太过分地接近彼此身体以防走失。如果能一起通过一条夜市甚至好几条夜市，在交换了彼此对流浪狗、算命摊、夹脚拖、乞讨者、廉价小物以及色情光盘的意见后,仍然安之若素,没有不堪,那我想你们很适合在一起。

例如某个星期天晚上将近十点,我一路晃到台北临江夜市的最尾端,烟火与灯火到这已是天人五衰,剩下几间饮料店,几摊盐酥鸡,三三两两青少年。有一对男孩女孩,十五六岁吧,并肩坐在一间打烊的不知什么店门口垫起来的白铁板上,那铁板极低,男孩伸长腿,女孩抱着膝,如此一来屁股几乎贴在柏油路面上,你知道夜市路边总么脏,我有点心疼,何必待在这儿?这城市或许没别的好,但从不缺少一个给男孩女孩靠着说话的转角;一会儿又想,也罢,也只有这么青春,才这么强,才抵抗得住污水、垃圾与蟑螂。像我这样的成年人,其实很弱的。

走近点才发现,女孩把脸埋在膝弯,发丝披散下来遮住身体,蓬松如猫黑如夜(我心里又急了:别落在地上可以吗?这么好的头发)。男孩是很普通的男孩,不俊俏,涩涩的,倒是干净相,他慢条斯理把一张面纸折成四四方方,递给女孩。

可能是大事,当然也可能是无稽的小事。总之女孩大概是一步,再多一步,都已经走不下去,才会在这里坐下来吧。她自然是不想让路人发现哭泣的脸,他倒是不卑不亢扬着头,不怕谁看。

我静悄悄经过两人旁边,男孩开始对她说话,声音听不见。只知不是辩解,不是喧哗,不是说服,不是求告也不是哄慰。他眼睛细长,定定望向他方,说话打着手势,没有要拉她离开的样子,没有要安抚她的样子,好像已经打定主意扎营造饭总之要地久天长去分析一颗她眼里的沙子,或开导一块她手心的瘀血。

这也是青春。连时间都不得不站在他们那一边。

女孩脚边甩倒一只装满了水鼓胀的透明塑料袋,里面游着小金鱼,黑色红色黄色……两人应该也有个开心的上半夜吧,简直是日本电影似的。我就从来不知道这夜市里哪儿有捞金鱼的摊子。

但他们当然不可能在那里坐一辈子,迟早要解散的，像夜市。我拐个弯，从暗巷里转出去，心里一直想着他们到时候千万要记得拎走那袋金鱼啊。夜市里被捞起的金鱼，真是命运最彷徨最发慌的生物了，因此无论如何，还是希望它们与他们，彼此相陪一段。

花　市

台北有几处甚具规模的批发花市，里面四季如春。据说这两年讶于台北市区建筑陈旧之观光客所在多有，但不知为何，我听了，并不介意，心里只想这城市果然像一名衣衫不甚光鲜但头面到底干净的中年人，可能起不了高楼了，可能宴不上宾客了，但不管多累，不管他在地球上转得有多累，仍永远安静环抱着几大捧新花。为此，便足够使人顾惜不相忘。

曾经我在其中一座花市附近工作，据称那办公大楼树立时，里里外外凿空了整座大理石矿藏，花市位于它侧面的大块千坪空地上，搭着简便棚架，低矮，小货卡与搬运工进进出出，原本只是在正式建筑落成前暂用，谁知道一暂就暂了十多年（这也是很台湾的）。那时搭出租车去公司，总有几次司机随口误会："你在花市上班喔？"我总礼貌回答不是，但就在那旁边。"啊,某某大楼。"我喜欢这个朝开暮谢花朵在人心里胜过海枯不烂大理石的概念。

倒是在花市买花,其实雅不起来——如果你心目中的"雅"是那么一回事的话。大型集市总是乱哄哄,但只有在这花市里,就算挤,就算嘈杂,后背贴着陌生人前胸,左右都是挑三拣四架拐子开路的欧巴桑,我还能耐着性子不起杀心。这儿又是阳春烟景,大块文章,每束花都扎成两岁小童尺寸,买三五种花材就像老妈子一样怀里抱一个手里拖两个了,但奇怪,因为是花,怎么看也不狼狈。花底确实有庇荫。

就可惜什么植物一经过我的手,都谢得快,别人说好种的这个那个,总养不活。若有人是绿手指,那我一定是黑手指。有时疑心自己是否指端带毒……因此家常阅读时,特别服气又留心那些娴熟草木的写作者,例如刘克襄的菜,王盛弘的花,而且,两位先生都是男子……一时觉得自己实在应当羞愧,但一时又觉得这拆解性别印象之路走到此地也蛮好的。我在花市和在菜市里一样低能,"嗯……请给我一把那个绿绿的……"这傻句子在两种地方都很好用。或许在花市更低能一点。我知道玫瑰、兰花、百合、桔梗与菊,但每种玫瑰、兰花、百合与桔梗,又另有自己隐秘盛开的名字……那一落落铺满地面的鲜嫩锦绣一如天女披散五铢衣在地,色与香与微妙光华,凡人目迷,不能指认。文字无法尽说尽写之事,花是其一,所谓不可方物,使我常痛切感觉作为一个写的人多么无力,于是只好拍一张照片上传到脸书。

花市在年前甚至一路九十六个小时不打烊,一盆盆水仙,一束束粉桃,大把大把的猫柳,直路直开到除夕下午,门前车如流水都是一种对生活仍然有爱的盼望——不管我们在地球上转得有多累,还是要在眼底布置着花。即使它们慢慢都要谢,而这新年到最后又证明了自己还是旧的一年,也没关系。我总记得香港古惑仔系列电影里有这样一段:郑伊健与舒淇初识,在除夕夜里团圆饭后一起逛香港的年宵花市,她抱着一大束是剑兰吗?我不记得,然后两人吻了。虽然日后谁的故事都凋萎,可是总有一个瞬间,他们与世界与那个吻,像花,十分轻盈,又十分新。

KTV 老了

怎么回事呢？有一天，KTV就不对劲了。虽然水晶吊灯还是水晶吊灯，大理石地板也还是大理石地板，周末夜门口仍然排着女孩们长长的腿与长长的队。一样的热奶胖大海，一样的鬼故事（那个走进包厢厕所就消失的服务生，至今还没出来），一样的黑石桌面隐隐有晶光折射，像一样的月光一样地从新店溪照到浊水溪照到卑南溪。但就是不对劲了，脱妆了，落漆了。如打扮精美的女孩穿着细高跟鞋，尽力终夜，最后靠在包厢里的皮沙发一角睡着，假睫毛松脱一半，她的脸一样漂亮，但因为非常疲倦，看上去，开始要老了。

不都这样吗，日子不都是在一模一样里偷偷变得不一样吗。KTV也忽然就老了。或许是景气衰微，或许华语流行音乐久久不振的拖累，有时甚至怪罪唱片公司小气巴拉不肯释出版权伴唱带，都对，但我想，那么多人那么多日子，在那么多大大小小的密室里，或者有心或者无意，一口一声挖出自己心果里拧了多久的汁，或无处栽下无处发芽的籽，这个卖欢乐卖派对卖痛快的地方，其实一路要吞吐多少潮湿牵丝的爱欲怨恼与激情，它能不老吗？

但我仍记得最富丽最淫逸最妖异，全体上下乱绽眩光的KTV十年，那时我们还是学生，还是刚进社会的菜鸟，每个礼拜约好挑最便宜的周末早上猛唱四小时，可能心机算尽插歌抢麦，可能暗潮汹涌男女座位整晚大风吹，可能大笑大乐，不可能想象有一天要懒懒地说："现在的歌，我都不会唱了。"怎么可能有一天会失败成这样？在黑里在灯下，我看见一个女孩为一句歌词唱出泪，又为另一句歌词哭中带笑；听着一对情侣嘻嘻哈哈专点伤心的对唱曲。十年过去，据说那女孩不哭也不再笑。情侣各婚各娶。

我们现在很少很少去KTV了,去了多半是吃喝。我们已经叫得起酒,我们已经不计较入场时间与最低消费,我们想吃什么就点什么,流水席让服务生送进来,但痛的爱的或high的,也只剩下了那些歌。像是偶尔见一面还能当朋友的过去恋人,那个不再穿细高跟鞋的女孩,已经结婚,已经生子,有点法令纹,目光接触时已无紧俏张力,想起来,两人竟没有什么特别怀念,但也正因没有怀念,才能心无挂碍相对坐,说一些老旧缓慢有情的事。

例如张学友好久不唱情歌。例如徐怀钰就此坏掉。彭羚的《囚鸟》居然还在排行榜上。世纪末的伍佰江蕙张惠妹。世纪初的陶喆与周杰伦。天啊你记得利绮《爱太远》吗,天啊你记得刚泽斌《你在他乡》吗,天啊他们都在干吗都去哪了。杨宗纬横空出世又半途折翅,现在想起来已像天宝遗事。喔说到天宝遗事,要赶快点一首《一代女皇武则天》,还有《楚留香》。歌之王，下一站天后，李宗盛的《凡人歌》，奔波，苦，杂念，同林鸟，分飞燕，当时觉得真是俗气逼人，但今日再听，不知为何，竟然一字一音，仿佛在心上都有来历，或许是终于到理解的时候，也或许只是和KTV一样，俗了，老了。

电影院里

说起来我很少进电影院。查时间表,吃爆米花,新片预告,对号入座,排队买票,一切都太"多"了。有很长一段时间觉得不管什么目的只要特地去电影院就令人疲倦,我总是更愿意回到家里躺在沙发上摘掉隐形眼镜,放一片碟(虽然有些电影好比《教父》,若在电脑上看完全是亵渎)。就像我经常需要一种枯山灭水无染的安静,因而几乎不听任何音乐一样。两下相加,从此使我成为一个文青失格了无意趣的人。

但我想"电影院"和"看电影"一直都是两件不一定有关的事。陌生的观众们,鱼贯而入密闭空间,在黑暗里仰头看望巨大哭笑,集体,仪式性,社交的暗示,各种情绪共同发动的时间点——例如先前去看伍迪·艾伦到处埋耍文艺梗的《午夜巴黎》，观众们像找彩蛋一样竞相抢先发笑的盛况。或许没有什么不好，但与陌生人们一起，在暗中遭到抛掷，被一个故事张开网罗接住，进入同步如《Keroro军曹》共鸣的情绪力场，不小心在画面里一个最小细节里泄漏心里掩埋太久的辐射废水，即使不动声色，即使无人熟视你的表情……总是令我焦躁，没有安全感，难道情感的震动不该是种最需独占的事业吗？有时也经常想，若我是荧幕里的人，一回头，看见自己脸上回光萤萤返照在一群陌生人定格的咧齿或泪迹或张口结舌上，那是什么感觉呢。

大概也只能笑骂由人，祈祷这部电影最终喜剧收场了。我唯一能想象自己在电影院宁静下来的场景，是空荡荡的二轮戏院，独自一人，坐在最中间位置，无人知晓，绵密潮湿，如糕点布朗尼的黑暗，我一面化成上头一球将融未融的香草冰淇淋，一面又有一点点儿恐惧如捆仙索，勉强缚住现实……如果你看过讲电影院的香港鬼片《阴阳路之陀地位》就知道我在说什么。

或许永远只有刚开始约会的人们会衷心喜爱电影院。影评人但唐谟有本书叫做《约会不看恐怖电影不酷》,这书名让我恍然大悟,电影院永不衰退并非因为它的大银幕或声光效果,而是因为它是这样一个难得的,让身体亲切得很、心理上却又远得很安全得很的地方。不交谈,借故事里的假意去说一些真心,上臂若有似无贴着,膝盖可能偶尔相触,有谁问了一句:"会冷吗?"散场时有谁轻轻摸了一下对方的头发。

我想起有一次跟当时约会对象去看一部很冷门的韩国片,周末的午夜时间,电影院里区区七人,包括三对结伴的男女,加上一个坐在角落的前老年欧吉桑。四个男人分别是头发快掉光了、掉到一半、还没掉,以及后面留长两侧推光的不知什么潮头。三个女人有我,还有一个上半身颜色灰灰淡淡,素颜黑框眼镜,下半身倒穿一条极短热裤的年轻大学生样女孩。然后是一个貌似收山名花的大姊,胖了,穿黑色的纱质与蕾丝料子,现在管着一或两个槟榔摊或小卡拉OK。

那一天我走出来是午夜,下着雨。众人相聚一刻,被风吹过又各自星散开去。

人生大概有一半就在这六排座的小厅里了。

餐桌阿修罗

在某一类端正的餐厅里我总在东张西望。衣冠与饮食,餐巾与刀叉,看着是天衣无缝,其实多矛盾啊。毕竟没有什么比画皮着衣这件事更遮掩心肠,但又没有比什么张嘴露舌这件事更暴露底细了。也或许这是为什么大家需要餐桌礼仪:我们切割,我们嚼撕,我们避开特定话题,我们各种滋味有偏爱。有时真的可以非常粗疏,非常快乐;有时就单纯是口中出利齿,腹内冒强酸,然后把万物吞下去。

例如三点钟方向那一群亲戚聚会,每个都捏着手机玩 Candy Crush。四点钟那一桌也是。据说这游戏全球玩家累积总时数已经超过十万年。许多人抱怨现代人在真实人生里也只愿盯着手机,我不以为然:任何可以让我回避无意义眼神接触与辞令的东西,都是好东西。想想在这一切发明之前我们度过了多少百无聊赖的社交时分，我不相信你真心认为那都有意义。你或许会问既然如此干吗一起出来吃饭？那也没什么，反正大家都要吃饭。

十点钟方向是西装套装都皱了的上班族。一些大的抱怨与小的反抗；一些小的吃喝与大的算计。一些反复。一些困局。一些何必。

十二点钟方向那显然是一对刚开始约会的男女，样子都很整齐，你完全可以想象女方是外商银行的人事专员而男方大约是留洋回来的分析师，彼此眉眼尚在偶进偶退，尚未说定，因此有讲不完的话，甚至讨论起了瑜伽……他们吃得很慢，偶尔为对方布菜，随便讲什么都有对方接着笑下去。奇异的是他们看起来都真心觉得那些事值得笑。

这让我想起一个有趣的都市传说，是一个男人与他当时稳定交往女友的小故事：很长一段时间，他们一个礼拜约有两三天会在女孩家里吃晚饭。女孩与家人同住，餐桌上总有当日新鲜的热的家常菜，偶尔兴致好，大家也饮一些酒，饭后喝茶，吃点切好的水果或甜点，她再送他下楼回家。

直到一阵子之后，那女孩才赫然发现，男人酒足饭饱，鼓腹离开，回到自己家后，便打开冰箱偷吃不知留在那儿多久的一碟剩菜……你知道这当然不是字义上的"偷吃"或"剩菜"而已。当然，两人的饭从此再也吃不下去了。她说："我想他消化能力这么好，或许比较适合吃剩菜。"

"吃饱了吗？"桌子对面的人忽然一问。我回过头来，笑一笑。"很饱。"

这个人尚年轻，进食时模样文雅富教养，让人直觉他还没有被人心里的脏弄得太脏，还没有像一条老狗一样学不会控制自己同时再也不去控制自己。当然，仍有一点人间的小小心计吧，如果全然没有，又未免太乏味了，但终究还来不及败坏。也因此我非常想问问这张还很陌生的面孔：你想过现在面前这个正带妆微笑的人恐怕是屡业屡犯、罪投人身的阿修罗男子吗？你可明白那些易怒、善战、嗔恨、斗争、骄慢的苦与美？但我怀疑他根本没有听过经验过什么叫作修罗场。他真好运。

所以我当然也只好继续微笑。"去哪里散散步吗?"对方说。我点点头。心里想着天哪,若有另外一个我坐在旁边,必定有一千万句口中吐火的各色讥笑吧,但可怕的是,那若是别人,逃开就好,若是自己,你要去哪里?

就只好遮住头上快要冒出来的角和手里的爪子,去散步了。

公主快餐店

巷子里的快餐店好多年了,在这方圆一带名气很大。其中一个原因是它实在又好又干净,炸排骨,香酥鸡腿,蒜泥白肉,西红柿炒蛋,炒高丽菜,无一不家常,无一不出色生香,连一碗米饭都煮得像一捧攒珠。只要这小店装在餐盘中便当里递过来的,即使是十分讨厌的菜我也吃了,即使是最嫌无聊的豆皮我也吃了,即使是捏着鼻子的芹菜,我也吃了。

乖乖的不只是我。用餐时间,里外都是人,想包几个便当起码要等四十分钟,而客人们一排一排,雨天麻雀一般缩住翅膀,站多久都不敢吱叫;一个戴眼镜的胖太太想加点一份梅干扣肉(这可不是每天都有的),句式洋溢了"请、麻烦、可不可以",仿佛伏在阶下叩请圣裁。

这是快餐店有名的另一个原因:它有个小公主似

的女掌柜。虽然见过不少以"有个性"为标榜的营业人,但比这位女掌柜的神情更冰而性格更火的好像还没有。据说她是这家庭式小馆的媳妇,一忙起来,对内对外说话都是生毛带角,要多咽两下口水才吞得下去。女掌柜管着点餐收银包便当,看得出年轻时非常秀丽,其实现在也不老,最多四十出头,也还是美,瘦不见骨,清水素颜,白皙修长,除了不笑,方方面面都十分符合典型的台湾好媳妇审美观;又是七窍玲珑,谁先来谁后到谁加卤蛋谁免辣椒,眼也不抬都是一把账滴溜溜在掌心不用算。所以我想,生得好,脑筋也好,脾气坏一点就罢了,要是性子也好,这女孩子恐怕就命苦了。

茶水油汤的世俗营生里常遇见这类"年轻应该很美貌"而今犹有风韵的大姊们。例如小酒馆,咖啡店,面摊子。如此的女老板,有些对待同性客人不太上心,也不是怠慢,但就是懒得费力气样子,空空的,那是半辈子的老习惯:在从前,大概毋庸敷衍同性吧(或许同性也不受她敷衍),谁知人生中途半端,转来做起小生意,什么手腕都学齐了,就是这一点卡在心窝改不彻底。但我偏觉得这样很好：她们不注意我的时候，就是我留心她们身边丝缕的白驹过隙，一个听似没有意义的状声词，一个看似没有意义的手势，眼色一动手势一换，处处机关九连环。都说男人爱看女人，其实最爱看女人的还是女人。

所以当然也有人形容这快餐店女掌柜是重男轻女，但我观察几次，发现不像，她只是反复：前一分钟对客人口气冲撞，下一分钟心里或许就有点悔，等下转个头，声线又松下来。恩威并施总归是公主的本能。

每天就是这样阴阴晴晴地做生意，这风格若在别的地方，例如很有情的台南，或一衣带水对岸草莽的老社区，恐怕做不成吧。除此之外，只有一事我迟迟难以想通：这店里里外外，都任由忍让这小公主风火呼喝，但她为什么只对那位专职配菜、手脚却奇慢无比的欧巴桑从来不敢置一词呢？

这里面应该很有点故事吧，不过外人就难知道了。大概是，都说阴阳相生克，但真正能治女人的，还是女人。

司机的爱人

叫出租车时我不太挑车子——好吧，老实说心里还是挑剔的吧，但就学不会眼睁睁看一部老的疲的落色的叮铃哐啷的车子，在我面前放慢速度，司机从车窗窥视我有没有拦下他的动静。他显得累累的，显得不敢奢求又带期待，显得随时在受伤随时准备要受伤。哎，我学不会别过头去。

曾有出租车司机一上车就谢谢我。他的车外观很差，但里面打点干净，气色微弱的瘦司机说，客人非常挑车，他虽然早就习惯，但每次被视若无睹，自尊还是很受挫；他说他只是没有钱换新车，可是如果不换新车，生意又很难做，而生意愈难做，就愈难存钱换新车……我不敢为他想以后，更不敢想象一个人每天起身所面对，除了柴米油盐酱醋茶，还有一次一次被嫌弃，到底是什么样的生活。

"但你总是要花一样的钱一样的时间，你有一切理由可以选择坐得舒服点。"朋友如此告诉我。我说："可是……"

其实我不挑车完全不是善良，完全不是情怀高贵，完全不是任何的好。我只是一时心软。

一个会一时心软的人总是要吃一些亏的。

有天也是坐上这样一部车。它其实不真那么旧，可是看上去就知道欠整理，无精神，走得勉勉强强，车顶上的"TAXI"灯箱不情不愿闪了几下才亮起。我透过挡风玻璃看见那司机，半老带脏，即使谈不上神头鬼脸也是十分不修边幅，天色还是当旺正早，他眼睛就已经暗了，车子摇摇摆摆往我接近，愈来愈近，路边只有我一个人，我迟疑少许……开门上车。

他仿佛听得懂我说的每个字，可是拼在一起就不行了。例如我说我要去一二三地，请走四五六路，他迟疑半晌，反问我是否要去甲乙丙地，他要走赵钱孙路；我说要在哪里左转，他则说是不是要掉头……不管说什么，我都得必须停下来再说一次或两次，这时他会忽然被雷打醒似的，喉间浑浊有沙"喔"一声。

那一秒他懂了，可是他丝毫没有发现之前的对话有多荒谬。

我感觉他不是真在语言或听觉上有问题。说得玄一点，大概是神识掉了，三魂七魄只剩蛛丝那样细的一线牵在心口，一吹就会跑。

所幸他总归是好好地一路把车子往正确的方向开着，路途不算长，我还可以默默忍耐车里一种不明不快不干净的气味。然后他的电话响起，听筒音量太大，我听到那一头是娇滴滴的、甜亮的、很年轻的城市化的女生的声音。

然后他说话。"啊，不用了啦，"他明显调度吃力地与她讲普通话，"不用了啦，干吗这么客气？嘎？不要这么客气嘛，我们不是要做爱人了吗？"

不清楚女生在那一头嘀咕什么，他只是听一听，然后重复地说："干吗这么客气？我们不是要做爱人了吗？不是吗？""我们要做爱人不是吗？"

他一直问，你就知道那头并没给一个好答案。

我把这事跟朋友讲了。有人猜他遇上诈骗妹，有人猜也只是一个普通的女孩子，暧暧昧昧占过他一点便宜，回头又怕沾惹，打来想还人情。

接近目的地时，我有点儿不确定要转弯或走桥下，在那儿踌躇，这时他倒是非常果断把电话捺下一边，清醒地说一句："怎么会走桥下，这样你就非得过河到另一头了。"同时弯进了正确的巷道。

然后一切就明白了：他的魂不是掉了，根本就一直连在那通电话上。我只是在想，听那口气，他会不会也是一个心软的人呢？

是的话，他就糟了。

辑三

(也不)算是读书写字

然后星星亮了

我小时候很静,只要扔来什么印了字的纸头就捏着读,可以不言不语一整个下午,起初父母十分欣喜,后来才发现这是性子孤僻,但已经来不及了。比较奇怪的是我一开始没学注音,先认方块字,父亲最得意并常骄其友朋一事便是让三岁多的我给大人们读报纸,众人称奇称善(诸位,这又是一个小时了了的例子)。幼儿看天地,事事都新,中文字里更是仿佛有妖,例如一个"美",从前铅字排版时候,这"美"有数种不同字体,底下"大"字右边那撇,有的连在一起,有的分开,或者分得更远些,只需这一点儿差异,在当时的我眼中就完全是各种面目的好女子:神情柔软的,明快有锋的,甜笑微微的,总之是浮想联翩。

但没有想过自己长大后会吃这一行饭。说起来我直到大学毕业都浑浑噩噩,从没真正想过以后该靠什么过日子。毕业不多久,我进了报社,做了一阵子副刊编辑,那几乎是上一个十年的事了,台湾报业当时标标准准已是百足之虫,死而不僵;副刊如濒危动物(容我借用诗人骚夏书名)身上快要发炎的盲肠,晚秋里时时有风声,割?不割?我们只能在前代留下的夕阳如血里猜想夜晚何时来。

然而即使是这样,许多人仍觉得副刊编辑的生活十分清贵,无比神秘,仿佛仙人指路。或许曾经是的。但到了我这一代,我们的桌面(电脑里的,与实际上的)也就和每个上班族一样,隔间墙大概还来自同样厂商。我搭电梯,抵达高楼,打卡,开电脑,看稿子,打电话给陌生或不陌生的人(我最讨厌打电话),催稿(这时常见悲剧),和同事一起用餐(这时大多喜剧),开会,收信回信,看版面……我时时为了自己是前几个读见此代精锐心灵的人而感到幸运;我也时时惊讶,啊,虽然都说现在少年人不读书了,但也有这么年轻的孩子,写出这么好的文字;但真正最敬佩的,其实是那些稿件虽然从未留用,仍能气定神闲、一投再投的写作者。他淡定,他不愠不火,他从来不在信里对我们这些假权力者发出任何怨言,他写在稿纸上的字体甚至愈来愈工整……此时你或许想象了一个温馨故事,好比说,我应该回一封文情并茂的信给他……但我想的是:光为了他这坚持,他这笃定,我已没有任何资格站在高处"鼓励"他,"指导"他:事实反而是他鼓励了我,指导了我。我只能把他的稿子整整齐齐折起来,放进回邮信封。有一天,他写来一首诗,很有意思,很快获得登出,我与同事恐怕比作者本人还开心。

也有许多人认为,所谓文人雅士们境界必然是高的,容我再借用王鼎钧回忆录四部曲最后一书书名"文学江湖",四个字,也就说完了。这里仍然看见倾轧,当然有各种怨妒;有人看上不看下,有人图名又图利。艺术或者创作或者文学有时被人当作一床大被子,一摊开,底下不宜闻问的东西就盖住了。看上去一样整整齐齐。但我认为,那也不必幻灭,我学会平常心。仗义半从屠狗辈,负心多是读书人。而人到哪里都是人。江湖风波虽恶,可是也有侠(虽然不多),神天也总有大乘除(虽然未必马上看见计算结果)。

现在,我不以文学行当为正职好一阵子了,然而其实不管去到哪里,我都看见废墟,只差在崩溃快慢而已。有时我怀疑:我们这一代人来,难道就为了看最好的时间过去,当那个最后离开派对、收拾碎杯残酒的人?可是,我也没忘记,这个提早发育的时代,后面赶上了那么多早慧的人儿,我看着他们总是想,天啊,我念高中念大学的时候怎么显得这么傻?而副刊与平面媒体的影响力愈来愈少,话语权愈来愈小,十年过去,这大概是盖棺论定,没有疑义了,这可能是我们这一行的悲剧,可是,我们这一小撮人的悲剧,或者是更多人的喜剧:有麝自然香,你再也不需要一个莫名其妙的陌生人(如我)决定你的声音能不能被谁听见,你不需要我或任何人决定你的作品是不是"够水平",你不需要一个巨兽站在门前,你有笔就像有剑,这是任何时代都不会变的事。

我们守着废墟。但废墟也有废墟的道理,古罗马竞技场如此美丽。前代人留下夕阳,我们这一代站在边界时刻,夜晚来了,然而也有星星来了,他们奋力点亮天空,抬起头,我其实很庆幸。

那蛇那头那病

至今我不能平心静气束手就擒地写作。若有任何更有趣事情出现必定第一个把它抛向角落。当然，前后多年，断断续续，到底写了一些。也出了书。因此这话让我听来实在是个假鬼假怪的贱人（虽说我不觉得当贱人有何大碍），但也实在没办法解释为什么人往东边不拐弯地走着，最后却仍然到了一路避开的北边（若抵达西边，倒很正常）。最后只好决定：我必然是很有病的。

然而小说，或任何创造性的活动，不管一个作者偏好观照世界或自我，最终都要回到脑子里某一块不正常放电的病区吧。或者是心有一花开五叶却中夜凋损，或者是缝在精神背面的衬里磨出了洞，我常猜想，一个终生性命圆满的人，是否会靠近创作呢？或许也会，这样的人必定也有，但曹雪芹若是无灾无难到公卿,《红楼梦》还会是《红楼梦》吗？前八十回一片安富尊荣气象，没有那些夭折破碎、异兆悲音的穿刺，是否仍有可能成就其剔透？八字古诀《五言独步》："有病方为贵，无伤不是奇。"意思是正因命中有缺损，有病弱，才有机会从对治扶抑的缝隙里扯开头绪，在破绽中获得洞彻。我感觉写作一事，庶几近之。坏时代里，国家不幸诗家幸，而我有时卧读他人的痛苦，也憬然有悟：身在太平时候，大概要靠诗家的不幸才有几本书可读。

而写小说对我而言是这么好一间"看病"的密室，就是文字上的"看"，不打算解决，它不是医心方只是显微镜。我有一种万事万物都催尽油门逼视到最底的性子，要说是偏执狂也可以，这就使人格外辛苦，它让写作成为一种日日夜夜天线全开像美杜莎满头蛇发贲张绷直的状态，而只只蛇眼都看向哪里呢？就我而言，它们往往是瞪着我自己、世界与人情里的种种穿孔、溃疡或出血。大概也是因此让我格外疲倦，想要走避：如果日子可以过得轻快一点，又何必时时刻刻与病识感对峙、分分秒秒不依不饶逼问自己的血与肉与骨？人若想活得麻木，原是三十万个轻而易举。

可是头虽想逃，蛇们不甘心，蛇们嘶嘶吐芯。逼到很急了，我有时喂它们些小说。

小说的虚构性像一枚螺蛳壳，完美的杀人密室，在里面你大可以安心做道场，要超度什么又想贬谪什么，只要你愿意，彻底可以天不知地不知。也可以狡猾地把自己或别人的五脏六腑绞进果汁或羹汤里端出去，笑嘻嘻看他们喝了。蛇们暂时安静下来，它们有了交代，而我也觉得安全。小说的故事性又是一个绝好的舞台，有些写作者愿意站进去素面向人，有些则刚好相反，例如我绝对是把自己打得粉碎，东一点西一点羼在不同的布景。所以，写小说之于我，虽是痛苦不情愿，但仍没有完全停止的原因，或许正是确定活着已无所逃遁，只好贪取一次次能让自己纷纷湮灭、得以隐身在一个召唤虚空也召唤万有的魔术空间的机会。其实，这毁灭倾向的情感纠结也未尝不是另一种病，可是带病延年，已经万幸，哪里顾得了太多。

回到《红楼梦》。还记得晴雯补孔雀裘那名场面吧。晴雯任性骄纵，但一次宝玉把贾母给的一件金线孔雀裘烧穿了洞，晴雯强撑高烧，漏夜帮他补上，"使得力尽神危"。以前觉得这单纯是描写人与人彼此的至情爱惜，这几年想一想，愈来愈感到若从病与破绽的逻辑看去，晴雯实是宝玉才气与创作力的凝结具现与拟人化，也因此，才让他们始终是彼此坚固的知音者。金陵十二钗册上判词写晴雯："心比天高，身为下贱。风流灵巧招人怨，寿夭多因诽谤生。"这段话，要说是所有创作者面对作品与创作生命时的各种业障，也未尝不可。总之，就是这样病着，烧着，写着，缝缝补补着，因此，也最好不必抱怨时代忽略文学与艺术或不读书……创作这件事，永远是我们脑里那块不正常放电区域的个人选择，而非任何读者的社会责任。这理解是作为创作者一条底限的道德。

稿子是怎么拖成的

总觉得写稿的过程,虽非隐私,可是接近隐私。就像大家一样洗澡洗头上厕所,但不亲熟便万万不宜排闼直入的道理一样。所以一般也不好意思问人:"都怎么写呢?"万一对方回答:"也没什么,就坐下来,打开电脑,然后在交稿日前把稿子写完,寄出去。"那我大概非得哭着去撞墙了。不问也罢。

我内心最恨拖稿,这是道德与自律的双重崩坏,"勿以恶小而不为",可是手不对心,还是经常地拖了。不是轻慢承诺,只是一边左思右想都不对,一边又非常奇怪地总必须一路被压力堵塞心口,积压,踌躇,打圈圈,过不去,绞手帕,不断自我厌弃:"万事不过如此。又有什么好说。"像怀着一个十多月都生不下来的鬼胎,直到终于有破绽扯裂,荒凉心地里忽然爆开花果,便赶紧摘一摘理一理,装瓶装碗,洒上点儿水,上献编辑(附上道歉函)后逃回地洞。我从小就擅长一次性的大考而不懂应付小考月考,如果是径赛选手也必定适合短跑而不能跑马拉松,这大抵有一点儿体质问题,像大家都知道的村上春树那样苦行式的工作格律,于我是不能成,我会变成《鬼店》里的杰克·尼克逊。但即使村上春树,都还听说他永远提早交专栏的原因是不想回编辑的电子邮件,所以只好不断写稿当作回信。天下的逃避都是一样的。

写稿时我大部分的时间都在"专心地不专心",看上去,我走进走出,吃水果,喝掉一整纸盒一升的牛奶,批评电视新闻,玩游戏,挪来一堆书在手上没心肠地翻,左左右右做一百件琐事,就跟平常我又看电视又玩手机又使用电脑的过动病状一模一样;但此时千万别跟我说话,别理我衣服穿反了,别问我要不要吃饭,即使我大喊"叫119"也请直接打119而不必问"你没事吧",总之,请当我是死人。这不是等待灵感,我不相信灵感,只是入魂总要先离魂。写作如降灵,如牵亡,把精神带到最幽黯处,剔出血髓,冥河摆渡,好像哪吒割肉碎骨才有机会莲花还身(或许这能解释为何我时常放着黄克林的《倒退噜》)。例如猫，平日对我也不搭理，唯常会在工作时跳上案头端坐，两眼阴阳，一如太阳，一如月亮，盯着我时胡子时时掀动，压抑地喵啊一声，或忽然拍打我的手指或电脑荧幕，欲言又止。

当然说是可以说得很玄虚，但每到连截稿时间都被我拖过，终于要按捺住办正事儿的时候，也就是慢慢慢、不只是老牛甚至是蜗牛拖车那样一步一脚印地走了。从来没有一挥而就的好事，不可能长江大河一泻海底几万里，有时听人说一口气写三五千字，即使第二天回头看"觉得全是垃圾"，放弃了，我都觉得，什么呀，你们也太浪费了，我连垃圾都没得回收呀。总是揉着捏着，写三五十字，气喘吁吁，然后开始擦拭我的电脑，还用台式的时候，就去把键盘子儿一个一个拆下来洗干净；回头再写三五十字，想想不对，还想洗澡，想剪指甲，便去洗澡剪指甲，总之，都是些整理整顿的事，稿子便是这样终于拖成了。有一类写作，是从一细胞增生全世界，例如马尔克斯、博尔赫斯；有一类写作，又是把整世界收拾成一细胞，例如海明威。而像这样子一下手就得去找东西涤荡的心态，大概只好说是……肥皂吧。揉着搓着，起些我喜欢的泡泡，而我自己就在中间清清爽爽、不拖泥带水、一点点消失……别的都不用，只要谁的皮肤上，曾稍微留过一点香气，已经觉得很好。

在路上

"灵感"这件事不可信也不可轻倚,尽管它一定程度说明了写作过程里不可说的意味,像奇门遁甲,像大厨在上菜前一刻才撒上的一点隐秘香料,像仿单上名字神秘的药引,靠着它挑筋脉,顺肌理,入血气。总之一言难尽。

但对我而言写作实是在灵感香料与药引子之外那些青菜或豆腐的事,地骨皮或路边草的事,它总是莫名其妙在日常道途上发生,在淋浴时发生,在走向早餐店时红绿灯变换踏步之前发生,在陌生人走进一道陌生门的瞬间发生,那个电光石火时候一切真正的写作都已在背景与白噪音中完成,剩下只是时间以及耐住性子的问题。

(或者该说,对我而言一切问题都出在时间与耐住性子吧……)

当被时间逼惨了或非得耐住性子的时候，我也有习惯的地点与喜欢的位置（大多是附近的咖啡店。最近几年我刻意避免在家工作，因为坐在床铺与闲书旁边不能睡又不能玩，太绝望了），台湾不常用"码字"这个词，但我想想它真是说明了打开笔记本电脑那一瞬间面临的是种怎样纤细怎样推磨的手艺，像纺织工匠一样凭空捉取脑神经里缕缕不愿到位的蛛丝。所以写作者或许要有颗异质的心，但这件事本身一点都不浪漫不能放诞。所谓"写作要耐得住寂寞"，我感觉那寂寞并不是有没有读者或获不获得注意的表面理解，而是在过程中不断向内的抗辩、质问与对峙。世界上没有什么比自己与自己为敌更寂寞了。

瑞士侏罗山谷，瘦瘠苦寒之地，据说那儿能发展出在尘粒上雕出玲珑塔、举世不敌的钟表工艺，原因在于冬季太长，打开门，风仍不停雪仍不停，匠师们只好回到桌前，在桥板上打磨出一条更细的发丝纹。这大概是现实里最接近写作的一种状态了：一条在安忍中钻牛角尖的道途，一条在风与雪与冰里疾行的道途，而不知怎么搞的，我最后仍然上了路。

末日书之派对读物

我非常俗气，若谈到末日应该完全不会想起读书这件事。在乎的大概是还没住过巴黎丽池的总统套房，或还没去北海道吃现捞鳕场蟹脚之类的。我的意思是，若幸或不幸大家真有机会参加本地球的期末大派对，同时也幸或不幸地预知了大派对的节目内容以及将在第几节课举行，真有人还能一整天目不斜视乖乖坐在座位上温习他上学期或下学期的功课吗？不是应该马上去福利社买零食汽水或者赶快相招最好的同学一起围圈圈占位置吗？

所以若要说派对，不是，末日前还读什么书的话，实在就是那些最能消磨焦灼光阴、最能转移注意力、看似最无用其实又可能有大用的擦边球读物了。例如若末日来自（最没想象力的）天灾地变，战争或大疫疠，众人悲惨惆怅，路有活尸走肉，那么我案头一套上下两册带壳的《辞源》应该挺好。当时买《辞源》原想把每一条目当一极短小说逐日随手读完,但三五年来持续停留在漫长的"一",此时它的极厚与陌生就是最大优点了:为了坚持抵达最后的"龥/古代竹制的一种乐器",应该能相当程度加强我面对两极颠倒地心碎裂、陨石彗星携手同心撞地球时的心理素质吧。

也或者,末日真就是超炫超奢侈一如在线游戏:光天化日之下竟有天使披垂厚翼号角巨响呜呜降世,或有魔王大恐怖裂海破空而来,那时就希望手边有本讲游地府的《玉历宝钞》了(因为《神曲》我读过了,且但丁每写到贝德丽采便像个绝望的宅男,我不相信他),算是出门前买本"孤独星球"口袋导游书。唯一忧虑是《玉历宝钞》至今流传超过千年,信息可能太旧,不妨补上近代流传的劝善书《地狱游记》,同时现在开始,尽力做个好人。

当然也有可能,末日就只是谁按下 reset(归零)键,啪,荧幕无声暗去。我觉得那时若已读完全套《大藏经》应该挺好的。这很难,且未必实用,可是光想想有上亿、上亿的中文字,存在这世间的目的只是为了安顿所有陌生人,感觉很好。很像离开派对时,门口竟有人在发伴手礼。

但不管前面都读过些什么,最后最后,必定要取当季各类外版时尚杂志做压席:意大利版 *VOGUE*,法国版 *Numero*,英国的 *i-D* 与美国的 *W* 还有日本的 *SPUR*。如彩球炸开色纸花散,这是我们大派对华丽、玩笑、发酸又愤世嫉俗的最后一击:看满城霓裳锦绣,尽裁做地球一席大寿衣。

小读事

读了小川糸的《喋喋喃喃》，作为一部长篇小说它几乎没什么情节，人物也无出格之处，讲的又是某种成年人的"纯爱"。乍听到此会觉得接近灾难了吧，但有时愈琐碎流俗的确愈能动人。或许里面是没有大道理的，不过小川糸一边写了日本的四季、物质与传统，一边将一段凡间人事说得轻重有节，安静美丽。物质与文化的余裕在她的写作中不是用力过度的小清新，而是人与人或人与物安闲相待、别具只眼的尊严。

世事迎面而来，大多难堪，没有这种尊严，人不可能优雅地咬牙活着。

例如她写一朵前夜漂在小水钵里的红白茶花，早上起来已经冻住，花瓣在水面的凝冰上绽开。以此描绘冬日之冷。

或是写冬天赏梅,女主人公穿的和服是素灰色,只在襟上绣几瓣春天的樱花。"在和服的世界,一切都要领先季节,如果在梅花季节还穿梅花图案,就是不解风情。因为服饰再怎么逞能,也不敌真正的梅花之美。"

唯一比较讨厌的是,它明明很适合在晚上睡前读,但里面的人不断在吃各种好吃的东西。七草粥。栗子蒙布朗。红豆牛奶。星鳗寿司。冈山水蜜桃。鸭汤。鸡肉锅。馅蜜。非常可恶。

*

某日与友闲话"消费的尺度"。因为我们常有上万买鞋子上千买零食不犹豫,但多刷几本书或杂志要想个五分钟的现象。勉强算得上爱重书物的人都会这样了,可见书本真的很难卖。

但后来我仔细想想,确认了这心情并非舍不得钱,而是书买了,若不一本一本彻底消化完,不知为何便罪恶感很深,心理压力山大。好像我所不知道的某一天要考试了,可是教科书一直没有从包装袋里拿出来……至于鞋子,那是拿来踩脚底的;零食那是拿来贪欢的,它们都不会一直提醒这个人生已经过到没时间好好读完一本书的天杀境界。

以前大家笑人买全套的志文出版社放在架子上却没读完,是装神弄鬼。谁知道连装都不想装的时代这么快就来了。所以我们若想振作出版业之景气,今日开始,不妨提倡一个新观念:"有书当买直须买,只买不读也很帅。"(这什么妖言惑众的理论呢。)

*

《父亲的帽子》是森鸥外之女森茉莉忆童年的散文集。风物、风格与风雅,三者都占全了。

森茉莉写它时人已半老,数次婚姻破碎,生活也很潦倒,日后则树立了耽美小说(就是腐啦)的一派宗门。总总说起这完全有可能是本千金末路的春梦婆之书,可是偏偏她就是写成微型的《红楼梦》格局了。除了物质细节与时代感的上乘掌握,那剔透,洞彻，对细致人情流动的全面理解，绝不止于娇娇女的直线条忆当年。她的恍惚里有无比的警觉，完全是知梦也知醒的人。只是她喜欢梦的那边多一点儿而已。

这大概只能归因于天赋的心气特别饱满充足，不管命运与他人如何抵触、如何消耗、有多少砂砾将她磨到最薄脆，都不曾损伤了精神（但那又绝不是自欺欺人或自我感觉过度良好）。后人多说她恋父（她自己也在这书里坦承了），其实她也有些恋母（多次形容了母亲如何端严修长，如何美）。她看那些世事如露，朝华夕落，处处绽出长植在日本人心地里的一瞬之光，却又连真正的感叹或感伤都没有，而是一半轻巧："咦，原来人活着是这样啊！"一半通达："这也没什么大不了，很自然的事啊。"

所谓宿慧无非如此了。

去大观园看实境秀

好像自《红楼梦》传世以降，读者谈到书中的"女儿"们时，一般都以两个主要女性角色"宝钗／黛玉"作为 x 轴与 y 轴展开讨论象限，热烈于为自己衷心喜爱者辩诘，甚至会为"谁更出色、谁更美、谁更有才华"而争吵……（倒是很少听见谁执着于《水浒传》一〇八座天罡地煞的长短，或者盘问《三国演义》中哪个最英才……）即使相对客观的评论与考证书写，你也常能从切入方式或问题意识中窥见写作者的偏爱。例如高阳在《红楼一家言》里推演曹雪芹于后四十回可能的真意，但字里行间对宝钗之出力拥护，热情远胜他的小说笔触，非常可爱。

一方面或许可以说是人类的本能实在很有趣，我的意思是说，就算在一种最无可不可的情况下，即使只是面对一篮一模一样的苹果，天生的偏心都会促使人类无意识地挑挑拣拣出"似乎"最顺眼最完美的那一枚；更何况大观园是个如此容易介入、宜于围观的场景。看看那些俊俏男女（女子特别重要也特别多）、富贵气象、锦衣玉食，放在现代完全是一场真人豪门实境秀，等于你一打开电视就是看见一个少爷与许多小姐在那里走来走去，一下讨论今天要吃什么螃蟹，又要吃什么鹿肉，身上穿戴各种珠宝或订制服，然后谁又送来了舶来精品，大家的对话一下子是龙凤呈祥，一下子又是酸来酸去……

当然若真有这种节目会引起压力团体或NCC严重关切吧……想想看巨大的庄园里，美丽少女身裹绫罗围绕着未成年的继承人打转，才小学毕业就和贴身伺候的俏女仆（袭人）偷试云雨……我经常给表示"看不下《红楼梦》"朋友们的建议，就是请把它当作一本文辞讲究、复杂辉煌的八卦杂志吧。这当然不是轻浮意味，而是《红楼梦》虽说自称是"假作真时真亦假"的"满纸荒唐言"、"一把辛酸泪"，但实是以非常锦绣、高雅又伤感的方式，琢磨出了一种无孔不入如绣丝，又彻骨如银针的世俗性。这世俗性注定不是传统中国士大夫式"以天下国家为"、局限于时代里经世济民之业的那一种（否则宝玉也不会抵死抗拒功名八股、讥之为"禄蠹"了）；却是与这支女儿队伍互为表里，铺垫在世界与生活最底层，一种共通的庞大人类性格编织。

所以说起来，它或许比较接近《超级名模生死斗》(American's Next Top Model)？在看似花团锦簇的大观园（或上述 ANTM 的赛局）里，观者深受各种瑰丽吸引，局中所有女性看似彼此争色，但说到底，实都是在与"结构"本身竞赛，书中的最终大奖则是"女性幸福的婚姻与归宿"（当然这是一时一代的价值了）。不过非常可惜，就算我们撇开高鹗宝变为石的后四十回续书（曹雪芹写到未完成的八十回就去世了），根据金陵十二钗的判词推断，《红楼梦》里除了袭人之外个个下场堪怜。她们都是输家。或者说，大多时候，只要身为结构中人，我们都注定是输家——人在局中，你照足了游戏规则去玩，还有"机运"躲在后面拨冷不防的骰子；若你不照游戏规则玩，规则及其拥护者首先就把你玩掉（但所谓人性的高贵本质,大概就是即使勘破这双输本质后,仍愿全力奋起,仍能维持优雅表情吧)。

所以《红楼梦》当然不只是什么礼教吃人的封建家族悲剧而已。当我说"结构"时指称的其实是人类的群体生活,及其连带而来的所谓必要之善或必要之恶;在大观园中,一切都由贾母、王夫人、王熙凤以及皇妃贾元春擘画撑持(ANTM的评审团?),有资源,有好恶。这两样加起来就厉害了:任何团体中真正能表现关键效果的,从来就不是大家勉强说定的那个规则,而是好恶。

因此结构里必然有一心考虑资源者意向,借此取得现实利益或者风水位的自利主义者。与其说是善恶义利之辨,不如说,那是种为全大局但也不为大局的选择。最具代表性的是宝钗与袭人,好听一点是世故,难听一点就是只问利害不问是非,有时甚至近乎卑鄙。袭人在贾府的处境较受威胁,大大小小的手段也最多,她就是你常看到的那个做贼的喊捉贼、挑拨出卖亲密同期战友搏出位的人。至于宝钗"好风凭借力,送我上青云"的志向则从来没有疑问,不过,她背景雄厚,才貌出众,不必弄脏手,懂收买人心就够了,所以她会在听戏点菜时特意拣贾母喜爱的"热闹戏文""熟烂之物";见王夫人对屈死丫鬟金钏儿一事心中抱愧,她亦能够以"这等糊涂人自取死路"一类说法作为"宽慰";最聪明的是她绝不"看上不看下",深谙叫好也要叫座的"做口碑"之道。

当然心计之外,她们不是没有亲切可喜的一面,所以也令人难以真心厌恶。而我们常认为黛玉、晴雯(或者也加上半个妙玉)等人,恰好是另一个对比的人物集团,不过,黛玉等人就不是自利主义者吗?她们就不动心计吗?那也未必。这几个人有时看起来相当傲慢,有点势利眼(只不过标准不在财势上而已),为人姿态常常近乎今人所说的"假掰";但她们的自利与心计所服务者,往往无关功利,却取决于各自天生带来的一股无以名之的情志——同样的,这也不全是善恶义利之辨,而是既利己也不利己的选择。我们大多会同意这几个女孩跟宝玉是更加"志同道合"的,她们常在有意识或无意识中,揭破了大观园中一时一代游戏规则的迷妄(女人的婚姻,男人的功名。

因此令热衷于这游戏的人们感到难堪无法忍受）；她们自己看人与取人的标准大多在于心性、才智甚至容貌，因此也非常天真近乎傻气地认为世界的游戏规则也当如此，而自己也理应因此受到爱重——这就成为所谓"恃才傲物"了。说到底，有时"恃"与"傲"恐怕未必是当事者的本心，实是周遭混杂了恨与羡慕与"凭什么"的复杂眼光投射——凭什么我们都活得小心翼翼绸缪婉曲，而你想都想不到这一层？黛玉联诗逞才、晴雯一笑撕扇与妙玉折梅奉茶的时刻，她们都不曾想过一旁有虎视眈眈的几多双眼睛吧。光是这"想都想不到"，本身就足成招怨取祸之机了。

所以你看，即使一直觉得"哪个都不喜欢"的我，也不小心流露出一点偏好。但若非要说起来，我猜很多人其实跟我一样，更欣赏王熙凤、探春、平儿与鸳鸯等人（当然有时我觉得自己更像贾母，被漂亮可爱的少年男女围绕就非常高兴……），她们美貌而务实，思路中性，是现代人更能理解的典型，也更接近"女人"，特别是王熙凤，一般都说她治家的手腕极高，但我认为她（以及鸳鸯）最高明处，是能够在统治集团与青年群体两种价值中游刃有余地带笑回身；至于活泼娇憨、人缘才貌俱美的湘云，人见人夸，说起来完全没什么让人不喜欢的理由，可是不知为何总觉得她少了一种真正的"可爱"。

　　十一二岁到现在我不时就重读《红楼梦》。最小最小时看饮食衣物器用，大一点看诗词章句，再大一点看（我根本没被感动的）爱情悲剧，再大一点或许看的是家庭，是一点宗教与哲学上的世界观，倒是直到现在，才拼凑出大观园竟是个几乎完全适用任何一组三人以上人类组织的政治系统。想想，也不过是一群十几岁女孩们的脂粉家事，放在今天绝对是萌经济的最佳代言人，说不定变成了AKB48，却被推到这个微缩的弘大尺度，不得不很俗气地说一句"感动于艺术的了不起"。与其认为曹雪芹笔下只是对女性的同情或褒美，不如将它看作将性别差异的粉尘抹除后，一种对人类底蕴及命运的明视与关心（像是那枚擦亮的、刻了"莫失莫忘仙寿恒昌"的通灵宝玉？），这当中可以见到低贱者的高贵（例如刘姥姥），或者高贵者的低贱（例如王夫人与赵姨妈），有命运随机的讽刺操作（袭人与晴雯的品格高下，正与其结局成反比），也有一心只求避世仍遭强压的险恶（例如迎春、李纨与巧姐儿）。

当然若不想这么复杂，回到最前面我们提过的，近似《超级名模生死斗》决赛的傻问题："讲了这么多我都不想听啦，只要说说《红楼梦》里最有冠军相的选手是谁就好了。"

我认为是出场不多甚至未曾列名十二钗的薛宝琴。理由是，若按大观园的游戏规则，把"贾宝玉"视作"奖品"，那么《红楼梦》前八十回几乎是推理小说一样，故意地一下子暗示你"上面好像属意宝钗"，一下子又暗示你"上面好像又属意黛玉"。然而薛宝琴一出场，观其人物、性格、举止、言谈与才气，总持大权的评审团主席贾母竟马上撇开宝黛二人，殷殷询问宝琴年庚，"意欲为宝玉求配"，可以说是书中最强踢馆选手。不过宝琴已有指腹为婚的对象，事未能谐。宝琴后来莫名其妙从故事线里消失，也没有结局，原因当然可能是高鹗顾此失彼的才力不济，但反而因此让我最喜欢这个角色：在《红楼梦》

里，这座来自皇家旨意的"大观园"，是乐园也是巨兽，有些人抵抗它，有些人扶持它，有些人利用它，有些人指挥它；只有薛宝琴，说来就来，说走便走，神出鬼没。像实境竞赛中夺冠呼声最高的参赛者，却为了一个最无足轻重的原因飘然退赛。她打败了大观园的世界。

家里那间书房

那时家里有间书房,书房里最早有张木头书桌,彷佛是前屋主不带走的,颜色黯淡,后来父母拿亮光漆把它刷成白色,旁边摆上立灯与旋转椅,旋转椅软绵绵的。有一面墙靠着外婆送的钢琴,除此,另一面墙做上柜子,上中层玻璃门排书,下层木门收纳。

我自己的《汉声小百科》或《中国童话》《奇先生妙小姐》并不放在这里,最早得到两本旁边不加注音符号的课外书《琦君说童年》《琦君寄小读者》也不放这里,它们在我房间。对那间书房我一开始有委婉的朦胧敌意,那里是父母年轻时一路留下来的书与杂志,还够不到上层时我有时隔玻璃门盯着那些书背上的人名与词汇看一下,并不浮想联翩,我感觉它们与我无关,倒有点像监视,里面暗示着一个父母不需担任父母的世界。对六七岁的小孩而言,一个父母不需担任父母的世界令他嫉妒。

但现在回头看就发现人长大速度其实很快,没有多久我就能够轻松打开每一层柜子,很长一段时间也只是打开门看看。有一次好像是父亲见我站在那里,问在找什么,我大概答的是"我也不知道",他说我找一本好看的给你,扫视后抽出萧红的《呼兰河传》,我很记得书皮那风沙满面的尘黄色,我说这个在讲什么,他说反正不好看你再放回去就好了。

后来我很习惯周三中午放学回家,吃过饭就去书房里,旋转椅的人造皮躺久了闷出汗,皮面里塞着的化纤棉花填料有时从破绽里塞塞窣窣地冒出来,但天凉时很舒服。我并不常想把书带到客厅或房间看。书房的窗外是一所小学满植老榕的后园(若有人从窗口悬绳而下能够直接进入校园,现在想想其实不安全),晚上看出去也鬼祟可怕,然而如果是夏初一个不下雷阵雨、干燥无云有风的下午,新绿让窗子满室生光像镶了翡翠珠母屏,蝉声神经兮兮停了又叫叫起来又忽然停,我有时伸脚搭在钢琴上,有时盘腿窝住让椅子慢速旋转,那时读了好多1970年代的过刊《皇冠》老杂志,里面有早年的三毛,登的翻译小说也多,我第一次知道纽约长岛阿米提维尔凶宅的故事就在其中一期,它的配图是一张素描像，说是按照屋主记忆与描述画出来、在屋中作祟之一的老人面容。如今我脑中还能一笔一画重现那张脸，现在描述这件事时背上发凉。

读到书架右侧一排窄长开本旧版的张爱玲是再后来的事。张爱玲习惯在每句对话前都加上"谁谁谁道"，于是见到一整页齐头并进的"这个道""那个道""这个道""那个道"，我当时读了心里很好笑，觉得怎么这么笨拙。现在当然明白了好笑的笨拙的都是我。

有些书让你现在就明白，有些书让你后来才明白，都很好。有些书，你终生喜欢，这也很好。有些书你现在喜欢以后不喜欢，有些书你以后喜欢现在不喜欢，听起来好像显得次要，但我觉得它们反而更好。例如我上大学后跟所有人一样读了许多村上春树，只是忽然有一天，我再也不翻开。这些位移不一定代表昨是或今非，也不一定代表上升下降，但它们在你的路上比那些持续稳定存在者更能组成有意义的专属叙事，为什么我曾经不接受？为什么我曾经接受了？我经历什么造成这些改变？

这侧面的刻写对我来说更接近所谓作者已死：作者已死恐怕不是读者与作者的对抗与争夺，不是完全割开作者与文本的关系,也不真是那么开放由阅听者独占文本诠释(还记得那个网络上发生的真实笑话吗?某甲说:"作者在这边的意思是如何如何……"某乙回嘴:"你把文章读完了吗?"某甲说:"我就是作者。"),而是各种作者的意图与各种作品存在于世的客观意义,成为读者理解与锚定自己的坐标,这坐标在你身上的连贯方式独一无二。作者在这里并非撤退,而是遭到消化与分解,至于消化这件事无论荤素,当然必须来自某些死,你读过的一切形成你的时间。

不过我也想,这会不会是因为自己也同时写作而产生的反抗心呢?但我也要同时申辩:毕竟每个写作者多半都是读者出身,我的"读者历"也不能说浅的。很长一段时间,读书与写作被认作双生子,或者至少是兄弟姐妹,好像爱看书的小孩作文分数就高,或作文分数高大家就问你是不是读很多课外书?其实想想我小时候读这些恐怕并非早慧,而是孤僻孩子打发时间的少数娱乐选择,如果生在今天,我大概不会成为有阅读习惯的人,网络如何改变知识的近用与累积方式、思考的回路与反射如何被弯折,也已不算大惊小怪的新闻。现在我总是对人说,喜欢书就喜欢,不喜欢，又怎么了呢，世上还有花鸟人兽，有泥有矿有皮球有虫，都很不错。

后来从小时候住的地方搬开，经过几个住处，近二十年才减少移动，过程中一路地买书丢书丢书买书（丢得最可惜的还是那批《皇冠》老杂志）。有时我坐在书架前研究自己去留的逻辑到底是什么。有些是一直想读但还没读，有些是带有所谓感性价值，但后来我发现其中最重要的部分是：当我阅读它们，我也会同时强烈感到说话与书写的愿望。这些作品未必都是客观意义上的经典（有时太好的东西反而会压垮你，堵住你），但它们怂恿，煽动，勾引，拿手肘顶顶你要你也对世界举手发问。我从小没有预期自己要走这一行，而这几年也愈来愈说不明白写作到底有什么道理好说或者算是一件什么样的工作，向来也很反对某种将艺术与创作者神圣化的倾向，但如果这当中，有一件好事，或许不只在作品本身，而在于作品如何激起更多更多春夏秋冬的表达，这些表达有些我喜爱，有些我无感，有些我十分十分地厌恶，可是当它们齐聚，显得这样庄严。

美与白骨

难道你偶尔不会有点怀疑吗?我们活着的此城当下真是所谓人间吗?我的意思是说,当"四邻接幽冥之宅,人何寥落鬼何多"都变成老生常谈的时候;或者看见世事倾倒水流就下不可收的时候,你难道不曾质疑过所谓人间其实是黄泉吗?世界末日之所以一直没来的原因,会不会是其实早就来了,只是我们不知道?

毕竟天地进化,今日要求签都可以上网不出门(且有些服务上线前确在神前请示过……),我难免怀疑地狱也会突变,小声小心地侵占人间。而若为我们的当代鬼城描绘地狱图,恐怕已非刀山油锅拔舌头,我猜开门第一页会是种种非常美丽的人体与物质,毕竟美德美德,今时今日,美即是德,二十一世纪的前十年是个空前着魔于奢侈感与肉体美的大时代,所谓的"haunted"(作祟),据说鬼魂作祟都因执念太深,那么对美与消费的执念,显然是此际一大冤魂。

所以我读了山本耀司自传《亲爱的炸弹》。事实上,所谓主流时尚界至今仍是殖民主义坚不可摧的最后堡垒,时装周的东方脸孔或者来自中国的新富大户亦只是这堡垒最近砌上的几块新砖,但在八〇年代,山本耀司曾与川久保玲、三宅一生在这个软强权世界打开过一个美学破口,到底凭什么呢?单单基于一点好奇心,此书就值得一读——尤其对我这样一个从未喜欢过他设计的读者而言,不过,最棒的部分就在这里:我虽然衷心不喜欢他的服装,但衷心喜欢这本书,一个单亲裁缝母亲带大的东方孤独男孩,是如何利用服装这件事在西方世界建立他专属的世界观?

伏尔泰说:"我了解一个穿着破旧衣服的女人,遇到一位穿着时髦轻便、暖和皮衣的女人时,所要承受的煎熬。"这种煎熬未必不好,毕竟它成就了香奈儿。但百年只有一个香奈儿,没办法正拳直球对决的时候,就读读黄信恩的散文集《体肤小事》吧。黄信恩习医，笔触有手术刀的冷静也有大男孩的和煦，是新一辈里优秀的散文作者，《体肤小事》里他写自己的脸，别人的眼睛，牙齿中的性别感，长颈在他眼里不是天生的模特儿而是动脉或气切口，那些身体内外纵走如迷城，形而上与形而下的痛与崩，眼耳鼻舌身意的色声香味触法……不必露骨，就已直是佛教里的破执法门"白骨观"了（观想肉身片片削落剥灭，只剩白骨）。他甚至写了自己的"走过香港的脚"，这当然是个婉转些的文学性的小回避，不过，想象一下，像他这样一个能文（出色作家）能武（执业医师），又是一表人才内外兼修的年轻人，也会有这样一个"又痒、又恨、又难以报复"的时分啊……真是一道有力的色相破魔矢，天知道，原来我们的救赎与超度，正藏在别人的地狱里。

奇零大观园

都说"人鬼殊途",谁知往往"殊途同归"。普遍相信人道优于鬼道,又说等投胎,又说抢替身,但一个不被惦记的人明明活得还不如一只香火鼎盛的鬼,世界是一组狡狯冷酷的质数,除来除去,必定有除不尽的余人余事。那些度不过的奇零者。

我们时代的奇零者未必紧握执着,未必浸泡怨恨,甚至未必有残缺,简简单单,只是种选择,选择被大筛子留在网目之上,机械爪抓起又落下,夹娃娃机里最后一只无家的绒毛娃娃,绒毛娃娃在透明塑胶柜里安心安稳做着他的时代噩梦。美国新锐作家大卫·席克勒(David Schickler)前后串通的短篇小说集《和电梯说话的男人》里就铺满了这种奇零者的梦。大卫·席克勒编剧为业,叙事紧绷有韧性,长于驾驭生活感与物质细节:蛋白石耳环,撕裂的丝质晚装,雪貂爬在裸女身上,舞台剧里的老鼠头套,如飞沙详细堆积一座压住幽明的金字塔,这些噩梦不是脑浆新鲜、血管通顺时所做的那种有惊有汗的噩梦,却是一种老噩梦,在那里面,所有人没力气,所有人站在岔路时都明知自己该走左边却鬼附身地选择了右边。英国作家汤姆·麦卡锡(Tom McCarthy)的《残余地带》更偏执一点,将幻视 3D 打印成型:故事描写一场灾难的幸存者,得到天价赔偿金,留下不可逆的记忆后遗症,为了改善这后遗症,小说主人公花钱重现意外发生前他最清晰记忆的一个场景;接近走火入魔按照每一细节(包括阳光从窗户弥漫而入的时间与角度)重建一栋大厦,雇来各种人,在里面表演煎猪肝,修机车,弹钢琴……

这充满哲学意味的设定可以从方方面面诠释,美国评论界青睐有加,不过我着眼《残余地带》与《和电梯说话的男人》者,是非常单纯的同一点:这些人物没有各种泛道德的、因身在底层而相形高贵的苦难,且完全有各种轻巧简便的生活选择或幸福一种,但他们不约而同,挤进一条难为自己也难为他人的长巷。巷子是活是死？是否有尽？不知。为什么？不知。如果大家有答案，那我们也将没有文学与哲学、没有巫术与艺术了（或者，外星人再无法玩弄地球人？）。

当然，有时候只是孤独。在《十一种孤独》里，理查·叶慈（Richard Yates）写了十一篇优美的短篇故事，中产岁月平淡的生死疲劳不因时代或改，没有前述两书那一点奇想与戏剧化作为现实的气窗，它说明了孤独不是一个人，孤独甚至也不是没有人，孤独是无爱无恨而好好地活着，平庸则是它唯一的酬劳。小说家的不依不饶固然残忍，但无非也只是在人间困意里勉力抵抗打盹，争取当个清醒人。

说到清醒人，黄凡必定是我们时代的前几名。他的《龙山寺灵签故事》，书名乍听像善书，但你当然不会真以为黄凡变庙公了吧。此书采观音一百签中的八首，由四句本事的考证与背景，敷衍出综观儒释道文史哲民俗学人类学与神话学的形上理解（更有隐隐的玄门机关），也好读也不好读；若觉得太抽象，那么补上一本《死在香港》吧。前者谈香港的殡仪产业与习俗，生者与丧亡的对抗，事理通达，富感情却不乱卖眼泪，应当发给某些认为学生在语文课上试写遗嘱心灵会受创的家长强迫阅读：你们难道没想过"不知死"三个字有多危险吗？

窥看人间

旧日读神话书，总是迟迟难解：天人着五铢衣，甘露饮食，清凉无有忧患，为何动辄要眷恋我们这个口燥舌干、人心千年积灰永如黑云垂覆的凡间呢？（当然如果我懂，恐怕也就不必在这里啰唆，马上白日飞升了）……何况这又是个特别热、特别躁动高烧的夏天，在耽读耽睡，奔波空档，难免特别念念不忘：宙斯或者董永的天女共同思慕的那人间火宅，到底是什么呢？

人间之事难免饮食男女。先前读了陈雪在人间副刊《三少四壮》专栏的散文结集《台妹时光》，见报时大约受制篇幅与频率，每周总感觉是流星冲破大气层一闪而逝（很像日本综艺《料理东西军》里让来宾试食指甲尖那样大小的山珍海味，吊尽大家胃口啊），不过铺陈结集后便瞬间打开局面，好像在仲夏夜空里陈列一批宛然星图。此书以食物作为回归线，穿越前半生每段时期的情感核心，那些心事那些吞咽那些困难，无比急促沸腾，大块大把地下锅，大口大碗地吃，有时非常餍足，然而不久又要饥饿；有时不消化，可是无论上吐下泻或骨鲠在喉都得挺着。陈雪是经历过的人，《台妹时光》与各时期作品都曾谈过她人生至今种种不易，但这些"不容易"奇迹地在她作品里一重一重旋转、上升，最终与她达成停战协定（写作是她的大使吗？），未曾变成抓滑沉溺、导致嘴角下垂脸部肌肤提早垮落的书写。四字书名乍看轻松写意，甜蜜或哀伤眷恋或决绝都收放自如，十分优美，可是，那之中有多少脱胎时的鬼门关，换骨时的颠倒勇啊（一如"台妹"两字也是经过多少冲撞对抗，才出落成今日挺拔漂亮）。我不知她取一"雪"字做笔名的原因，但读《台妹时光》，让我许多次想起周梦蝶诗句："自雪中取火／且铸火为雪。"写作固需天赋，但从险地里仍能这样稳稳活回来，有时是更了不起的一种才情。

人间之事又难免心计疑猜。凑佳苗近日有短篇小说集子《蓝宝石》在台上市。相较于结构与布局都非常精彩的《告白》，《蓝宝石》偶有节奏匆促不稳之失，或者过度精致的巧合，但依旧是非常具可读性与个人特色的作品，一贯的情节机巧、人情纠缠、语言明快，充分让人体会到日本大众文学作为阅读渡口的雄厚本钱。另一名日本女作家平安寿子的小说集《讨厌恋爱》，则写了极无亮点、极不光鲜、极庸常的人类生活场景。平安寿子在台湾已有数本译作，几年前的《爱的保存法》《非比寻常的一天》里写过许多"无赖但又让人讨厌不起来"的男性，这次《讨厌恋爱》则是三个"别扭难讨好但又让人讨厌不起来"的前中年女子。她的语言简单但准确如探针，一方面慧眼钩取沉在人事凋敝之下、各种可爱可怜可恨可敬可惜的结晶，一方面又啵啵啵如玩游戏那样轻易戳破人类每天吹出的自我欺瞒气泡，这阴翳与光线的两面手法，让各种平淡无聊的故事素口咀嚼也动人。

台湾艺术家侯俊明浓烈的图像作品集《跟欲望搏斗是一种病》则刚好是光谱另一面，欲力躁动流淌，就算不到破纸而出的程度，起码也隐隐有脉搏，我难免想：如果神仙无意读见这些书，果然是会为这些时代之女与时代之男感到无比困惑的吧？于是他们便忍不住也想"走蛮烟瘴雨之乡，受骇浪惊涛之险"了。都说写作者是张狂的造物者，而读者介入阅读时刻的窥看眼神，谁说不是另一种神祇的居高临下。神祇们偶开天眼窥红尘，生了憧憬或哀悯，震动或体悟，就是这些一念成佛一念成魔，各种不彻底的心，注定了对错的抉择，肥瘦杂乱酸甜苦辣之味，暧昧不稳火舌，在滚滚的沸锅中这样一直一直焖着，把众生都熬成了人脂人膏，遂有妖香飘向上界，无怪佛都想跳墙，神仙动凡心。

细节里不只有鬼

谁说只有魔鬼藏在细节里？一切都是细节问题。

买书时不免有这类经验：当内容简化成书腰或网络书店上的几句大意，看起来竟然那么无聊那么萧条。例如《父亲的帽子》，浓缩成一句话，大概变成这样："文豪森鸥外之女森茉莉的童年回忆散文集"；《老爸的笑声》则是："菲律宾作家卜娄杉，以农村生活及父亲为主题的自传性短篇小说集"；《启航吧！编舟计划》，听起来更加悲惨："身处出版集团边缘地带的辞典编撰部门人员们，历经十三年，终于完成了一本名为《大渡海》的辞典"。

没有错，如果我们懒惰一点儿，太多事情确实只需要一根脑筋。世间多事，万物深邃，你何必想太多，何必太追究，何必着魔于执着一端，何必活得那样复杂。你何必那么累。

然而那样的话，一切就不美了。没有微尘纷纷无根在空中辗转就不是阳光，没有细细水珠与小小折射就堆不出长浪。我们常以为是各种庞大的事件与转折将人改写成这个或那个样子，要到很后来才会明白，其实是那些太容易被略过好像无意义的一瞬画面、一眼铭记，一步一步推到了今日地步。

《父亲的帽子》很好地说明了细节之于人生是如何神奇之事。森茉莉年近五十才开始写作，处女作就是这本散文集，她备受家族宠爱，富养成人，记忆里充满了颜色与材料，物质的名称，一不小心就溜掉的日常动作，无特别条理的事件，层层堆置形成又厚又轻、又清醒又恍惚的笔触，晶莹地再现了大时代的明治风景，以及小叙事里她和父亲森鸥外之间接近恋人的感情。（森鸥外甚至说过："就算是当小偷，若是我的小茉莉偷了东西，就叫作高尚的行径！"）值得注意的是，她也多处流露对母亲的赞美与憧憬（例如她注意到上餐厅时，母亲最爱鳗鱼寿司。若不曾衷心注视，是不会发现对方爱吃什么东西的），这既恋父也恋母、持续终生的中性情感，是否成为她耽美小说的发轫呢?

菲律宾作家卜娄杉于一九四〇年代以英文写作、在《纽约客》发表的短篇小说结集《老爸的笑声》,文字简洁,故事好看。他写菲国贫穷农村的种种事端人情,幽默、轻快、精准——精准在此非常重要,唯有如此准确、精细地安排细节与血肉,才能引宗主国的阅读者欣然入瓮,藉此求取广大世界对斯土斯民多一分熟视理解(卜娄杉在后记说:"这是第一次,菲律宾人以'人'的身份被书写下来。")。若放在更长远尺度观之,这批起码发生在一世纪前的故事,至今仍深具普世情感,在多视移工如牛马的今日台湾,这本小说的中译本除趣味与可读性,更能提醒一句:"彼亦人子。"

至于《启航吧!编舟计划》,大概数一数二的"细节控"之书了,三浦紫苑未写波涛起落的故事,然而这小说的意趣或正在此:一群人,在举世视之无谓的缝隙里孜孜矻矻,凿剔神光,虽说"文辞"与"语言"可以是非常豪华的事,但作者不做悲壮腔调,而将事功归于人心里一种无以名之、非比寻常的神经质,并且恬淡而不浮夸地说明白了一件事:大事件的成败,往往存在于小情况里。

所以才说细节里何止只住魔鬼而已,细节拥有整个微观宇宙。而人类各种创造性的活动与心境,亦正根源于一种对人事与物态中各种广大徘徊、捉摸不定的暧昧细节之着迷,之爱惜;也因此,我们才对"被化约""被灌输""被自杀""被发展""被和谐"……这种种将人编号,齐头砍去的横暴价值,如此竭诚不能同意;米兰·昆德拉在《小说的艺术》里说了一段话:"(小说与极权之间)不仅仅是政治或道德上的不兼容,而是本体论的不兼容……极权的真理排除相对性,排除怀疑与质疑,与我称之为'小说精神'的东西永远无法和平共存。"我们讲来讲去,谈读书识字,谈敬重斯文,都无非只是为了护持并召唤这一点深细、悲悯、复杂、带点反骨,同时爱惜人间每一种细致肌理的"精神"而已。这精神看来纤细易碎,然而,值此当道率兽食人时刻,它便是虎狼背上的芒刺,伥鬼喉中的鲠骨:叫它们狺狺然,却永远吞不下去;叫它们出爪牙,却永远拔不出来。

辑四

（也不）怎么样的生活

怎样的生活

"这到底是种怎样的生活呢?"午夜十二点我到家了,我坐在床缘伸长上臂脱下白日外出的上衣,一秒钟,每一天每一夜我在黑暗里静默爱着的一秒钟,永远忠实为人实现着挣脱的一秒钟,像佛把他的涅槃加些水化成溶液装在喷雾器后,开着飞机从高空轻轻喷向地球的一秒钟。

只要是挣脱,仅仅一瞬也可以。

其实这时心里一向没有念头,只偶尔会有开头那句无聊极了自问话头在万暗中光华射,像一则坏漫画里的对话气泡,像一座色色闪炽的霓虹灯箱。你知道我说的是那种廉价酒吧里常见花体字"OPEN"的灯箱。这句话也像那种灯箱一样,样子嘈嘈切切欢天喜地的其实没有表情,也一点儿没有声音。一次我在深晚途经一条山间公路上的加油站,它附设的小卖店窗口就亮着这一座灯箱，可是明明整座深山都是黑的，我们开了数公里前后一辆车都没有。我实在不懂打烊时锁上玻璃门却留着一句"OPEN"发亮的人心里的意思。那彩光没有理由地招着人，像是笑眯眯地说来呀来呀，我们在这。可是他们根本不在这。开车的人与我都看到了，我们都不说，背上一起发汗。

真正到了底的邪恶其核心必然是思无邪的。我刚刚经过三十四岁那一站。如果学会了什么，那就是"黑暗中的灯"在意象中很美，现实上未必。因为这不是会为道途留光的时代。

但也没有什么可抱怨或必要抱怨，我一直知道这样的生活是自己选择与没选择的。我选择把日子过进了夜里（中医师说了多少次这样真的不行啊，积湿不解，气血两虚）。我选择以月结制零存整付发卖我自己。我选择情绪劳动与思虑耗竭。我选择一张笑着但没有笑的脸。我没有选择坚持。我没有选择一段客观上看来四角周全前途无量的关系。我没有选择许多同时没有许多选择。而关于世界觉得我还有一点被消耗的价值这件事，我必须感激，并且选择俯首表示对这幸运满心惭愧。

我还选择了刚刚脱下的那件黑色上衣。我喜欢它从后颈椎骨处往下浅浅开了一个V字。它使用化学合成材料,跨国连锁平价成衣品牌制造,据说我们不应购买这样低价而快速流动的商品,据说这价钱根本不合理,每条纤维都织造庞大的压迫结构与第三世界奴工。我尽量,可是有时真的天人交战到太疲倦,或许在今日若试着过一种不太受罪的生活本身就是很大的罪。人太多了,任何人若期待一点舒展些的位置就必然要踩着谁的手脚、谁的脑壳或者谁的灵魂。

所以我最好别这样把它随便扔在地上,毕竟这件黑色上衣已经助纣为虐,我应该要有最后一点惜物的羞耻心。其实这时我应该马上睡觉,因为第二天还要早起开一个会,如果许多人像爱开会那样地爱着各种各样别的事物,那全人类成就应该会像地球气温一样屡创新高(或者刚好相反,能让地球的气温别再屡创新高了)。在那个会议室里,大家会说些试探的话语,说些积极的话语,说些俏皮的话语,善颂善祷,祥云密布,但是任何一滴真正能够生长的雨永远都不会下。在那个会议室里我们唯一能完成的只剩下穿着得体。

我没有办法回答这是种怎样的生活,也许一开始就不是真心想问,我其实知道答案。我决定站起身把本来乱扔在地上的黑色上衣丢进洗衣篮,躺回床上,握着手机刷动游戏,我并不专心而有点焦躁,我在想明天早上该穿什么:一件丝衬衫?一件开襟毛衣?这些衣服从来没有一件舒服,没有,只是周而复始在里头做出一个场面。挣脱的机会永远只有那一秒钟,袖口反环过腕领口往上掀过额头把头发拨乱的那一秒钟,我每天都把握着,我每天都让它错过。

冷的日子

台湾的四季大致不分明，不过一年里头，时间一到，总有些日子实在冷。最令人迷惑的是气温明明不比别处低，也不下雪，就只因水汽丰盛，便足以让整副天地像哭泣一样磨人；特别是台北，若逢又湿又冻时候，那真是，好像把路上所有人的骨头打开里面都是泪汪汪结成的冰霰。在物理的世界，零度成冰，沸点蒸腾，温度是绝对值；然而在过日子的世界，温度大概只是你吃饭时是一个人、两个人或一家人的相对值。人生里的不客观何其多。

或许因为在冬天里生的，我喜欢冷的日子。天寒猫先知，我喜欢看家里的白猫肥雪满地抖抖皮毛（老了，都稀疏了），找灯光，找人类体温，找两枚枕头中间的凹陷。它日常孤僻，独来独往独睡一辈子，唯有在冷的日子里愿意对我们与世界发一点热；有时食碗清水砂盆一无匮乏，它仍然大吼大叫怨声载道，"想干吗呢？你到底要什么呢？"我苦恼地问，然后灵光乍现，啊，是寒流来了，天气太冷吗？便找出那件厚厚的小衣给它穿好，它踌躇满志，在沙发上转几圈乔好姿势后睡下。一宿无话。

冷的日子，怎么过仿佛都好。若是不下雨，干燥如百科全书里一朵压花的日子最好。虽然一敞开窗就有风来针砭你，赤足在家里走路得踮着脚，鼻腔里黏膜疼痛，眼尾干燥，而每天更衣洗澡时更格外感到人身的底线其实低得可怜：别逞强了，只要体表剥掉一些纤维，谁都充不成好汉。但是那种清净的明朗的，淡的，爽脆如糖衣的，不滴淌无情绪甚至最好不要有阳光的微阴的寒气，多么好。霜不降，雨雪不来，行人稀少，沿着人行道一路走去，遇到炸双胞胎杏仁茶葱油饼的摊子，买一份吃着，就算苦恼还是有，忧惧还是有，心结还是有，但起码曾经一瞬间一段路，你觉得自己过上了还不错的日子。

不出门则更好了。"我有旨蓄，亦以御冬。""旨蓄"二字用现代的大白话说大概就是"好料"的意思，藏着掖着许久的好东西，天一冷都可以慷慨。冷天的吃特别好吃，要甜，要浓稠，要绵而密，像古早时候糊窗纸一样也把心肠里飕飕的漏洞暂时弥补起来，显得窗明几净。冷天里的读也特别好读，只有这时有理由一直缩手缩脚地在被子里读闲书，且就只是读闲书，即使是漫画或杂志都可以，总之别上网，别看DVD，茶和零食整整齐齐放在床头小几上（避开爱掉渣的瓜子或酥糖就是了），以前我有一床真正手打的十斤大被，沉甸甸如定心丸，在全世界都寂灭十度以下的深夜，读各种书页里的吃与痴，然后睡过去。这种土土的乐事像烤番薯一样是金黄色。

但我想，冷的日子最大好处，大概还是使人多多少少感到敬畏，心里厚重一些吧。春天夏天或秋天，都太忙，太打得火热，太轻快，唯有让惯过平常日子的人如我，在一寒如水的日子里浸一下，发抖呼出白气，想着这天气真严酷啊，才能多少同感地体会苦人与弱者的难处。"体会"这个字眼，毕竟需要身体，要到切肤地步才有真领会——如果没有每一个冷的日子，谁的心又会费事去产热。

夏天的四段式

小 病

脱春入夏总是像蝉蜕壳与蛇换皮一样困难。如果老掉牙地将一年节气与人身等值换算，糟了，这就是青春期。

所以每年端午前后都像被午时水或雄黄酒喷到的虫子一样无名地小病一下，青春期最后的领受与烦恼。可厌的是那个"小"字，"小"就是连自己都看不起自己的事，发热头痛，皮肤过敏，鼻塞身重，也不好意思张扬，当然也不可能成为发言的资本。有一年，奇迹似的什么痛苦都没有，健健康康，好吃好睡，能跑能跳，就是喉咙没声音，开始几天根本说不出话来，西医没有结果，中医也不知所谓，就开了些调伏邪火的药方吃着。所幸它终究像少年少女的别扭，自己渐渐好转，但整整一个礼拜过去，我开口听起来就像个吞过炭的老男人。有一次搭出租车，司机非常狐疑，不时透过后视镜打量我，我知道他心里一定在想："这个男扮女装也扮得太像！"说不定，他还有点害怕，心里想起了社会新闻里奇情的劫杀案……但我总不能说，先生，我只是哑了，但为什么会哑了，我不知道，医生也不知道……于是一回家，赶紧拿出中药粉吃着，站在厨房流理台前倒水，一口忿忿，一口不平，心想，人类生活里，这种无聊的尴尬，未免过多了点吧。

半夏啤酒

吃中药不能饮酒。也不能吃生冷，不能吃冰。特别是冰。每次站在超级市场装了啤酒与冰淇淋的雪柜前，我自己就代替那些健康报导先恐吓起我自己了，踌躇不前，"to 冰 or not to 冰"。其实，大声疾呼"吃冰不好"，对他们也没有实益，我猜那接近宗教。就像小时候看那些拿着小册子挨家挨户传教的男女，不理解他们的热心何处来，又不卖东西，又没有钱赚；后来才有点明白，"相信自己想相信的事"也跟金钱一样能够纵横着人心，信仰的完成式是自我匍匐，但现实里它的进行式经常变成了训导他人如何匍匐。世上最遥远的距离。

不吃冰不喝酒就百病不生吗？这当然是个"信耶稣得永生"或"放下屠刀立地成佛"式的说法。但最起码，它让我们有些指望，又是那么简单的终南捷径，"这一点意志力都没有，还有什么资格获得健康的身体呢？"也是非常适合我们的单细胞道德判断。可是没有冰啤酒就没有夏天。所以还是取出了玻璃杯，宽口有棱角，质地不能太薄，冻过；下酒菜倒不必太多了，因为喝到一半已经非常心虚，最后自我感觉良好地剩一半在罐子里放回冰箱。自以为这就算是不垢不净不善不恶不增不减。运气好一点，它最后被拿来炖肉；但大多时候还是丢掉，金色的起过纷纷泡泡的时间，咕噜咕噜流进地下水道，倾弃几次后，那剩下一半的夏天，也就倒得差不多了。

茶与猫肚皮

冷气大多在睡前开两三小时,半夜关闭,所以早上通常是热醒的。也不是大汗(那就是真的生大病了),是啰唆的汗,像一整个晚上有人在汗腺与毛孔的耳边碎碎念碎碎念碎碎念:"不热吗?不热吗?你不热吗?不躺到地板上吗?不开冷气吗?"把它们烦都烦死了。

起来总是要先看看猫,猫的肚皮也被这天气烦死了,一下子左晾,一下子右晾。左晾右晾都不如意。

然后喝热茶。

冰啤酒的第二天往往有些亡羊补牢的意思,日常最多喝的是出云地方产的紫苏番茶,紫苏薄荷茶,仙楂茶,黄芪茶,日式焙茶,红豆水煮的姜红茶。

心情比较混淆时,喝京都福寿园玻璃翡翠色的绿茶。

但不管喝什么猫都要爬到茶几上检查,顺便掉几根毛在杯子里。

一整个早上我跟猫都昏昏沉沉的。像一大一小两只茶包,全城湿气浸泡。

不知道猫肚皮的茶,喝起来是什么味道呢……

福寿园的绿茶我总是非常节俭地喝,三匙茶叶要回冲三次;大概喝到第三盅的时候,刚好过午。

我跟猫这时往往会被落雷吓一大跳,猫肚子虎一下翻过来,我手上的茶也差点就要一起翻倒。

雨说下就下了。

淋到了雨

不下雨就不是台北,午后没有暴雨也不是台北的夏天。虽说每一个季节永远是重复他自己,连次序都不颠倒一些,可是奇怪,每年都还是感到这个夏天是新的。每次因为懒得带伞而淋了雨,也都像是从未经历过,新的洗刷,新的狼狈,新的鞋子毁了,新的路人以新的奇怪的眼神看我为什么不奔跑或闪躲。我总是在心里讲一次那个笑话:"干吗跑呢?前面也在下雨啊。"雨水看似清澈,其实质地发黏,在大雨里行进当然不浪漫,也没什么戏剧性,但是慢慢移动时,皮肤裸露部分被反复敲痛,头发淌水,滴进眼睛,扮人类的舒适壳子被打掉,像非洲草原上的迁徙,令人忽然认识这身体其实也是一具动物的身体,有时是斑马,有时是狮子,有时是鸵鸟,有时又是长颈鹿。

大概有点像恋爱,不管经过几度一概是如此如此这般这般,能说的话能做的事,能救的能放弃的,能够动员的情感部门,也都是七七八八那一些,可是,每次仍然觉得今天是新的一天。最近听到一出日剧的宣传词:"夏天是恋爱的季节。"其实春天秋天或冬天,也都适合恋爱啊(应该说,有什么时候是不适合的吗?)或许因为夏天大家穿得少宜于点燃荷尔蒙?或许因为夏天富有假期与远行的想象,也或许就只是因为一场一场暴乱的雷阵雨以及其中的动物性:若不是青春时的感情,没有人能哭得这样崩溃,却又在晚饭之前雨过天青的。虽然说旁观的人也知道,明天或隔几天,他还是要再次哭成这个样子,过几天台风也是会来。

总之就是个泼出来的季节,伞泼出来,浪泼出来,高温泼出来,天的蓝泼出来,夏天是不必考虑后果的,结出来的果实也是各种淋漓的汁液泼出来的甜。

不过雨一阵一阵下着下着,也就小了。

台风也是愈来愈不常见了。

看着他一点儿一点儿把自己往里收,其实比较舒服,我们高兴地夸赞,真是最好的时候呀,秋天到底是台北最宜人的季节。

但谁会想到?他要生几次不致命却十足磨人的小病。要放弃几罐剩下一半的啤酒,要被柏油路面与金属水泥反复折射的高温烧灼过融化几次,又要激烈地起过几次风,下过几次重得能击碎地球中心的雨。

才能走到这一步呢。

有人打来找阿 Jí

"喂!阿 Jí 吗!"
"我不是阿 Jí。"

一开始他们只是找阿 Jí。在一个比人生还要寥落的日子里:冬天、下雨、百无聊赖的假日午后,他们打来找阿 Jí。我说,先生你打错了。他说咦怎么会。我没有力气纠正这样愚笨的反问,只告诉他,先生,我确定你打错了,这里没有你要找的人。没有阿 Jí。他挂了电话。

"喂!喂!阿 Jí!"
"你打错了。"

接下来是另一个男人,声音老些,执念似乎也深些:"怎么会呢?怎么会不是阿Jí呢?你是他老婆对不对?""不是,不是,不是,这部电话没有阿Jí。""你打几号?""09×××××××。""号码没错但是没有这个人。"如果是你,或许会多口问几句:阿Jí是你的朋友吧,但这个号码我用了很多年,从来就没有人打来找过阿Jí,你是不是把0抄成6了?你是不是把7看成1了?

然而我是个恶婆娘:"我说没有就没有,我说不是就不是,你们刚刚已经有人打过了,不要再打来了。这里没有你要找的人。"

"喔,那,不好意思啦。"虽然他听来并没有什么不好意思的意思。

"喂!阿Dan喔?"

这是两个小时后的事,第一个男人又打来了。到底是什么样的对阿Jí的执迷与不悟,让这几个人整个下午到晚上如此锲而不舍,坚信这支号码将领他们找到阿Jí呢?为什么觉得多打几次就会有奇迹呢?

还是说，其实，我根本就是阿Jí，而我忘记了？

但我原来也不是阿Jí。"你是阿Jí老婆阿Dan嘛！我听你声音明明就是啊！""我不是你们说的人，这里也没有你们要找的人。""可是我听你声音明明是阿Dan啊！你的声音就是她啊！""我不是，要我讲几次没有这个人呢？""可是我听你声音……"如此回圈，近一分钟，最后结束在我宛如发梦一样的叫喊里："你们到底要怎样？要我说几遍我不是？一个下午打个不停，不要再打来了！这里没有阿Jí也没有阿Dan！你一直要找阿Jí，我说不是你不相信，好，那你说，你们是谁？你给我说清楚你们是谁？""那、那、这样的话，不、不好意——"我把通话按断，没有让他说完。说真的，我也不晓得自己为何这么生气。

冬天、下雨、百无聊赖的假日午后，一个比人生还要寥落的日子，找不到阿Jí的他们应该也是很焦急的，听那口气，他们很爱阿Jí，不像要讨债，或许三缺一，大概也只有三缺一能让人这样一而再再而三无惧泼妇的怒骂。雨天底下，铺好桌子泡好茶，怎么也凑不齐咖,几个人不约而同想到上礼拜在哪个场子认识的阿Jí,call阿Jí来吧,阿Jí说话好逗乐,出张又爽快,唯一的坏处就是乱留电话。真不知道那阿Jí到底跑了哪儿去。

夜的两件事

弃　物

这是个爱丢东西的社区。每周四午夜回收大型垃圾的路口，常常可见东起街角六把白餐椅，越过红绿邮箱底下一组双人床，西抵第三棵行道树边的IKEA立灯与单人沙发。东西大约五六成新，正是无可无不可的边界，不丢是手紧也是惜物，丢了是散漫也是气象一新，而因为这一点不彻底，它们在地上打出的阴影也那么薄，稀稀的，想象的粉末投进里头都化得不均匀，好像会结出许多死块，即使有街灯尽力照着亦毫不见鬼气森森，只是盛世将衰的日常脱了皮，或是两旁高楼身上掸出累累的灰，积出一部堂皇的弃置。

大概因为接近旧历年尾，那一日我深夜回家，吓了一跳：这批回收物又多又新，场面实在豪华，几乎让人生气。但"货恶其弃于地也，不必藏于己"，一瞬间的些微气恼，反而显出是种不怎么光明的妒忌心。我远远看到两名男子，一中年，一老，各据一端。中年那个，揽住一台迷你音响，坐在红砖道上不抬头修理一张皮制电脑椅的旋转脚，形态富有感情。老的那个，跨坐脚踏车上，后座已绑定几件箱笼，停在两张走不动的大书桌前左思右想，侧面看过去，他的眼睛真是发愁，那种想舍又难舍的流露，关于"为难"这回事，没有比我当时看到的那双眼睛更好的说明了。

只有那些无机的家具桌椅最淡定。它们被放弃那时并未因此就瞬间多折旧了几分，被捡走时候也不可能回头沾沾自喜。没心没肺反而成全了它们。

当我经过老人身边而他反射性看了我一眼时，非常奇妙，他很快地甚至是本能地将那为难给收拾起来，或许为了一种老式的尊严，一反成了忸怩，七情汹涌上面。我连忙走开。但这表情我懂得要命。某个瞬间我想冲动回头跟他说，阿伯你别不好意思了，真的，我懂，上上礼拜我奉命从这搬走一张有点重但放在阳台很得用的折叠桌时,真的,也就是这个表情……

迟　迟

夜是时间,夜又不是时间。它说来就来了,但不太保证什么时候走。好莱坞电影拍过几次两极进入永夜期的恐怖故事。我看了之后心想,啊,希腊神话果真巨大。例如讲普罗米修斯从宙斯那边偷取火种给人类,实在是为了让人能从每日里固定的、必然被切走一半时间的恐惧里解放出来吧(熟食、保暖以至文明之跃步大约只是令人愉快的副作用而已)。人类心境之中,没有比"不害怕"更自由的了。难怪宙斯要气成那样。权力的快乐向来不系于"我想做什么就做什么",更关乎"让人怕得不敢这样或那样"。如果除去他人的戒慎恐惧,一个"想做什么就做什么"的人无非也只是空荡荡的自了汉。又有什么意思。而希腊神话这种穿透多少世纪依旧能作用的象征力量真是种"神话",那么那么多年前,他们就把人间说得差不多了,难免有点百无聊赖,所以今代创作者的关注日益分割细小,我想也是无可厚非,毕竟大规模的话头数千年前都被说完了。

但当然火与灯光仍旧不能替去太阳。夜只是没那么值得怕,但还是怕(话说回来,要是一点紧张感都没有,它也不美)。出外时我还是常睡不好,所谓"辗转反侧"的真正意味我就是在旅馆房间里体会到的。其实大多时候都是自己吓自己,每盏灯都那么亮又留着电视新闻让它终夜报告战争暴乱之事,能睡得好才有鬼(哎,一个人的旅馆房间里还是别说这个字吧)。某个冬日在瑞士,我每小时都醒来一次,一醒来就看窗帘外的天色如何,真是令人沮丧,夜迟迟不愿走,那是个星期一,直到早上八点,城市各种机能都已暖机完成,一部部开始运转,街道却都还一副拿枕头蒙着脸的样子(奇怪的是,气象台报告的日出时间明明是六点多)。我搭巴士沿着车站前的大路移动,经过一所或许是古教堂改建的学校,形制带哥特风,薄雨里,建筑轮廓糊糊的,仿佛黑色是一张嘴而它要化在那个口腔中。只有每个窗都亮出奶黄色的金光,透过金光我清楚看见了黑板、墙壁与天花板上张挂的彩纸装饰，各色海报。是一所小学吧。

巴士在那路口的红绿灯前停了半响。我想起童年最讨厌的事就是冬天的早自习，又冷又雨，天又暗，一清早就得出门，走一段不算短的路坐在教室里抄些啰哩叭唆的书。谁知道，现在这样隔着车窗看起来，其实还蛮可爱。忽然觉得那些迟迟不走的夜，或许也不是什么阴险的事，有时它只是孩子气，还不想睡，这一天还留恋。

哎　呀

有次我必须到宜兰某山上参加活动,位置荒僻,而且得在早上六点半这种时间出门,最后决定直接预约一部出租车。

当天早上一切都很顺利,车准时到了,我准时下楼了,没有忘记任何东西,同时如意算盘是一会儿若经过便利商店或早餐店就路边暂停一下买早餐,我便能一边坐车、一边喝咖啡吃三明治、一边在这至多一小时车程里,把手上一份工作做完……

但车子一转弯就上了快速道路,我想好吧到礁溪市区再说吧。谁知造化弄人(成语是这样用的吗),出雪隧后车子两下子就直接弯进山路,并且一路往从头到尾只看见石头、树木和虫的山顶开去……我害怕地打电话给主办单位:"那个……请问上面有没有小卖部或便利商店?面包贩卖机也可以……我没吃早餐就出门了现在好饿……""都没有耶,这边超荒凉的……但我们早餐有多我等下拿一份给你。""那就拜托了……"

电话讲完,目的地到了,这时,一路都非常沉默的司机把车停下,回过头,胸有成竹地,他从前座拎出一套烧饼油条。"小姐这个烧饼油条是给你的……"

"我想这么早出门你应该没时间吃早餐,所以顺便多帮你买了一份……可是我看你一上车就低着头弄电脑好像很忙很严肃的样子,我就不敢跟你讲早餐的事……"

哎呀……

我千恩万谢地付了车资。"司机先生,这烧饼的钱我给你吧!""不用啦,这样子,意思不就打坏了吗?"

哎呀……

"你说得对!太谢谢你了。"

其实我不大吃烧饼油条,放冷回软的味道也当然很不行,但我一进休息室还是马上喜滋滋配着白开水把它吃完了。近几年自己人或外人爱谈台湾风土富厚,我常觉得话虽不假,有时难免"太多"了(例如"最美的风景是人"之类的)。但话说回来,在台湾还真是常有机会吃到这样的烧饼油条。

我吃饱后,坐在大会议桌上好整以暇地上网,得意得很。结果,十分钟后,工作人员出现了。

他们带了一个大大的奶酥面包和两罐饮料给我……

哎呀!

诚意姐床边相谈室

之一

友人和我分享主管的小故事。

我的回答是:"或许这很变态,但其实,我总是很享受听某些人说:'我认识那个谁谁谁''那个谁谁谁跟我是好朋友''我跟那个谁谁谁吃饭''我来往的朋友都是有钱人',尤其是当说话的人已经四十好几的时候……

"我通常会不断微笑点头。微笑的原因是,为什么这个年纪,还没学会不着痕迹的 name-dropping(指略提知名人物以示相识而提高自己身份)呢?(记得艾伦·狄波顿似乎谈过 name-dropping 的艺术?)点头的原因则是对方正在一穷二白地告诉大家:'我已经混到奔五了,但我自己的名字还是不值钱。'而我实在无法同意她更多了。"

之二

童话之所以是童话,原因不在于它的结局永远让人过上幸福快乐的日子,而在于童话里要对付的逆势通常只有一个,而且一次只有一个(野狼／死神／女巫／后母／蓝胡子);而现实中的坏人与王八蛋们,经常在同一时间来自四面八方。

之三

什么,你说你不会写"人生"两个字?那有什么难,它就是"王八"的倒影,加上两撇叽叽歪歪的眉角。

之四

所有感情里都只有两个人:被爱人与被害人。

之五

"广结善缘"这话的重点,太容易被放在"广结"而不是"善缘"上了,结果,就变成自觉温馨地招来各种牛头马面。"大爱"与"大碍"的字音字形这么近。所以我想,这词序若是倒过来,做"善缘广结"就好了,也就是说,无论如何,先试着弄清楚这是不是孽障再说吧,泥沙俱下地什么都跟人家结一下……那个,叫做 hoarding(囤积癖)。

(就像"功成身退"的词序……很多时候,实情是"身退功成"。"退"正是"成"的临门一脚,最后一里路。若不退,或许功还是能成,但不会挂在你名下;若退了,若退得漂亮了,大家就心存善意地把两组词略一点拨,场面与场面话,统统都圆起来了。)

之六

关于女人的颜色。

亮彩饱满一类例如明黄与深粉红（日本人叫踯躅色），翡翠绿，藤紫，知更鸟蓝，三十五岁前尽量用。此外就等到六十岁之后。特别是口红与指甲油。

"还有黑蕾丝。"朋友说。

"对。黑蕾丝也麻烦。二十岁前穿不起来，四十岁后穿不清爽。但如果是贴身物大概都可以。"

裸色，本身一概是好。但少女时期，要不是荡荡清清的，太干净了，衬不出它来；就是还在出油，一对比反而显得浑浊。裸色是被时间整理过且整理好的女人的特权品。

广义之大红不受任何限制。

带荧光的一概是二十五岁以前。

之七

一句同时存在着天堂与地狱的发言："看到他的长相，就觉得原谅他算了。"

之八

"不要骂人垃圾。"

"怎么说?"

"垃圾变成垃圾并不是自愿的。但人变成垃圾,通常是自愿的。这样子借喻,岂非糟蹋垃圾。"

星期天的下午

星期天总是醒得晚，不接近中午不能阑阑珊珊起身，起身便挨挨蹭蹭和猫打转，睡衣亦迟迟不换下来。七日复七日，七日何其多，城市人像笼中跑轮小鼠一般如牛马走的一周又一周，也就指望此刻一点留白，什么事都懒理，衷心抵抗一切高高低低的志气，并竭诚反对所有前进路线及其目的地。

毕竟从星期五夜里开始的诸般好事自此接近尾声了。再没有比星期天的下午更适合证明寸金难买寸光阴的傻道理，尤其天气晴的日子，阳光愈是大好，愈是显得紧急，人在哪里都不对，在哪里都感到凡事留不住，内心任何洋溢随时间一刻一刻地被泼光，剩下一个干干的人。不管什么季节，星期天的下午都显得特别慌，特别短，真不想靠近夜晚啊，真不想看见天空在蓝与黑之间龃龉，摩擦出一段瘀青时间。又真不知道明天到底是照样天亮比较好,还是再也不天亮比较好。

有时候也下雨。下雨时像第一次在谁的房间度过夏季夜晚的第二天,揉来滚去,一时这个醒了那个还没醒,一时那个醒了这个还没醒,等两个都透彻过来时已经是下午,日头早就过山,慢吞吞地正要换衣服出门找东西吃,雷雨忽喇一阵如天意降下,那不如就继续懈怠放逸;或者又睡着了,或者一直说垃圾话吃零食,或者乱翻书,或者浪费体力;哪里也不去哪里也不用去,外面在下雨,外面已没有什么你们要找正在找的东西。

有时候阴天,恰好稍有风,便貌似很文明有教养地试着走进社会了。去书店吧,去公园吧,去庙宇吧,去茶馆吧,去街道吧,去胜地吧,城市人还能去哪里呢?星期天的下午,哪里磕磕碰碰都是人,真是发厌离心的大道场,可是岛屿没有边境线,往八方逃,最后都是八方落水而已。

所以有时候就只是胡乱吃些午饭,在沙发上泥住了看电视,星期天的下午电影固定地难看,电视新闻固定地干,随便剪几支 youtube 宠物影片就颠过来倒过去地放,难免又盹过去,蹐在客厅沙发上头埋在垫子里长长地午觉,昏沉散乱,无怪佛要特别为人说一本《离睡经》。其实那也只是尽量地快速地浪费掉消耗掉这矜贵的最后时光:如果终究无处可去,如果终究不能再做什么,那不如闭上眼睛,随手撒漫,至少不必眼睁睁看着那废弃,那荒掷,那百无聊赖。我常常在星期日午后的睡眠里热热闹闹地梦见末日,虚空中大火球纷纷轰然落在地面,高楼拦腰倾折,我一面打电话关心家人安危,一面在心里莫名其妙地冷静:"啊,终于让我看到这一天。"或者是恰好相反的一座寥落场景,放空无人扭曲的长街,上下没有起点终点的楼梯,光线黄黄的,像一盆萎谢无人知的花草,非常奇怪,只有在午睡的梦里,那种只经过夕阳而不经过破晓的梦里,才有这种不可解的颓唐,不可说的幽冥。

然后慢慢醒过来,周遭已经全黑了,电视荧幕闪光刺眼,猫在脚边打起一个大呵欠。睡得太久,头隐隐作痛,要洗个澡,理一理精神,准备明天。虽然说,明天它完全不会是新的一天。

我的小物业

清理杂物这事情像夏日午后的云图、山棱上的瞬雾或脑里的眩晕一样不可预测,这里所谓清理不是日常整洁随手拾掇什么的,而是一时想把世界烧了,可是仍知道不宜纵火,你只好丢。

抽屉与衣柜,书架与储藏室,皮夹与首饰盒,定睛一看,都是万般将不去,唯有业随身。永远有这么多用了一半各种颜色的指甲油,灿烂到中途就枯干;放太久的维生素或保养品,承诺抵达前就无效;一些来自商家的满额赠品破烂小杂物,丑样马克杯,恶俗名片夹,品位很差的钥匙圈,看看只觉昏头昏脑,几乎自觉不屑:这种东西,一开始干吗带回家?几匝无用名片,各种过期发票折价券,是整个时代的糜费,半场人生的徒劳。东洋传来整理术术语"断舍离",口吻中带宗教性,宛如甘露倾倒,熄灭火宅,性命从此清凉……又有词语为"物业",说的是房产,但我每觉得像警语:物即是业。

物即是业。宝爱是业,弃之不顾也是业;留是执着,去也是执拗。丢弃才不是割舍,丢弃是一剂微量兴奋药,就一点点,金属针尖刺破手指,轻巧一痛并快乐着,即使只是随手扔掉几支断了墨水的圆珠笔,都让人有支配的错觉,做了选择的错觉,生活拾级而上的错觉。因此世上有喜欢囤积的人,当然也有喜欢丢弃的人,例如我,每每整完杂物,常常就要跟着清书,无预警把各房间各书架上的书本扫了满地,这本要,那本不要,一边一摊不犹豫。他来我家,看见了,吓一跳。毕竟再怎么说,每本书里都动员着各样的思虑,因此弃书便总有一种残酷意味,像一下子翻脸,说否决就否决了这么多人心。

第二天,他来接我去吃午饭,一进门,更惊讶地发现前夜拆了一屋子的书,又纷纷像新生儿睡摇篮一样安稳在架,一场骚乱无痕,只剩门边三堆半人高的旧书要请人收走。它们没什么好或不好,我只是不要了。"一个早上,你就自己把这么多书整理好了吗?……"语尾的省略号不知是庆幸还是若有所失。"当然啊。而且也没有很多啦。"我说。

曾有一段时间两人几乎没有什么事件或场合不是在一起,我甚至顽劣地把一些小型家务都推给对方了……可是理书这事,再体己的人都忽然显得远而稀薄。你可能晓得对方吃荷包蛋要全熟半熟,随口抛接彼此下一句话,闭着眼睛为他或她挑出一件合意衣裳,但没人能知道我的书架上谁该跟谁归宿做一处,没人能知道我为什么把这册与那册放在同一排……寂寞的星球,寂寞的秩序,彻彻底底这是各人造业各人担。

吃饭时,对方忽然又问:"对了,你是不是也把脸书账号关了?""对啊。""为什么?"我想一想,发现原来很难向不用脸书的人解释那上面弥漫了多少贪嗔痴,多少不清醒,多少心毒与多少执念,只好随便回答:"反正,脸书也有个书字嘛,就一起清掉了。""最好是喔,我来算算你可以关多久……"

小小的物,小小的业,琐碎中缠绕,一边解一边结,来来回回,过日子的有意思或没意思,都在这里面了。

跑以及种种

夜在季节与温度之前已抢先召唤来了风,背后似乎有演出整部公路电影的夏天一路在驱赶,呼吸喘喘地落在人的后颈上。就要追上来了,后面有些什么似乎就要追上来。

谁说三十几岁不是一个坎呢?到了这时候每个人脚上难免都拴着些未曾超度的咒与怨与七夜怪谈或是鬼来电吧,或许必须齐踝切断(这就是夺魂锯了);也或许只能一次一次被绊倒,这个年纪跌倒已经不觉得有什么难受了,挫伤了膝盖手肘流血,就坐在那里休息一下,想一想,只好笑出来。

所以或许也有个方法就是跑吧,跑起来,让那些魂结锁链跟着步子的捶打叮叮当当金击石响。我稍微快一点,稍微快一点点而已。因为知道速度再快最后仍然必须转身掉头，重新踩一次那块砌出格线的砖脚，途经一丛晚开的花，再掠过早收的店。于此于世界，在繁星垂顾之间，我不过是又再徒劳地绕出一个歪歪扭扭的圈。

想要跑步其实也没什么迫切直观的原因，你我身边许多人不都是这样三十几岁之后才开始补修一堂体育课？村上春树也说他是三十三岁那年才开始长跑之路（现在竟然可以跑出惊人的一百公里），与其说是养生健体的危机意识，或许更多时候是一个幼稚的人终于成熟到能够进行决志的操作，终于理解唯有这个将灵魂拖累在命运里的可见的身体，变得坚固而得用，我们才真正能将不可见的意志作为武器，装备起来，让所谓的人生战斗不再是对空气挥拳的愚行。想成为更不怕痛的人。想成为更撑得住的人。想当个更能跟世界过不去的人。于是在这之前非得先跟自己过不去。有一派中医理论不赞成西方说法的运动与锻炼心肺肌肉等等，他们认为真正益寿之道是少言养气，减食抑情，器官切忌劳损，最好维持一种中等偏弱的状态。我觉得是有些道理。但话说回来，你若仔细想想，难道不疑惑为什么"活得够久"会成为一种值得的追求？又为什么要想尽办法延长一个虚弱的自己呢？

所以我仍然死心眼地希望长些力气，即使那力气或恐使人摧折，可是瞬间是否能造出光辉，就算只是坟骨摩擦出的一点点磷火……好吧，我刚刚说了谎，最早发生练跑念头原是基于一个可耻、愚蠢但实际的原因：因为体力太差。而体力太差恐怕很容易警察追个几步就被捉去然后拖到旁边打了。为什么要担心这种事呢？或许也不该问我，或许该问一问"他们"，为何让一个三十几岁最喜欢躺在沙发逛网拍滑手机看电视的无聊懒惰中年女子，开始考虑"跑给警察追"吧。

但很显然现在我还不够快还不够远还不够久，还不够好。我再度回到另一圈的起跑点，不好意思告诉别人现在的累计距离，太没面子了，只能说这时喉咙开始缩紧，肺部灼烧，肋下好像中拳。我决定速度慢一些，稍微调整耳机里的歌曲。一块砖两块砖，两块砖三块砖。眼睛看住脚尖时，气忽然就长了。跑步大概是我们做人唯一适合短视的时刻。

有阵子我对Facebook上充满朋友参加马拉松的照片或慢跑里程app打卡纪录感到烦闷（难免也是有点羡慕嫉妒恨，他们可真行啊），直到自己穿上（其实已经买入很久的）跑鞋和（买入更久的）运动短裤，才逐渐想通路跑或马拉松蔚然成风或许不完全是凑热闹的问题而已。我的意思是说，拜托，跑步这事可真是集枯燥、辛劳、撞墙、疼痛与归零之大成了，之于习惯在舒适圈里被动等待大量信息流冲洗的现代人而言，我实在不以为它有什么造成流行的本事。此前甚至连在电影里看见跑步场景我都不耐烦。只是上路之后，忽然有点体会：不，这不只是脑内啡的问题吧，这无效的做功，孤独的位移，脚步在路面不造成任何痕迹的夜间施作，我曾以为这是全世界最令人沮丧的行动了，却不知为何发现地球反馈了一种反作用力，从脚底进入血管一路往上，抵消那些生命史偷藏在人身角落的小小挫折。似乎不是（或还不是）所谓runner's high（跑步者高峰体验），反而接近一种沉睡的清洁状态，非常奇怪，或者可以说跑步这件事像扫地机器人或者是磁碟重组程序，咬着牙齿兽类似的嘶嘶喘气，筋肉拉拉扯扯细微撕裂又自行修补，发现骨盆与腰椎好像有点走位，膝盖也不时喀啦一声，似乎是教室清洁工废然将刷子一丢叹口气的声音。唉，果然还是渐渐成为积灰尘世里的浊人吗。

所以再一圈？时间接近午夜，路面已经没有什么人，路灯也垂头丧气。想起平日读的鬼故事有点退缩。但反正还无法睡，似乎应该继续。其实我真的也跑不了多远，而且真的也没那么喜欢跑步，但说起来惭愧，好像是直到这年纪才学会强迫自己做些也没那么喜欢（但无论如何算是有益，且无惧于独对天地）的事，或许这同是许多三十几岁人的觉悟？我稍微忍耐住腰痛，从出发点再来一次。

我想如果人跟跑步一样就好了。跑步虽说是件关于"原地绕圈"或"回到原点"以及"到最后哪里也没抵达"的事（即使是全程马拉松，最后还是要回家啊），看起来真是徒劳无功至极，可是会不会，它有种形而上的拯救意义，也正系乎此呢？你永远可以从头开始。永远的一天。这次可以避开绊脚石，这次在喜欢的转角慢一点，这次我们与街道与光线都一样但也都不一样了。红灯亮起，我停下时双手扶住膝盖不知怎会想起多年前与M的事（这也是三十几岁人的前中年毛病吧……）。那些年轻的宛如不光滑金属锯齿切面的错误，如果可以都不必犯。如果都没有被那些错误一再粉身一再碎骨。如果我们是座能够一次一次回到入口处，一次一次环抱住整个七月的夏季操场。

有种常见的修辞说脸上"分不清是泪是汗"。啊这其实错了，这完全是局外人与路人的看法，如果你经验过就知道它们在肌肤上的感觉截然不同，非常奇怪，无法形容，勉强要描述，我会说汗是松的而泪是紧的。绿灯沉默地接过这个路口，我跳上斑马线背脊继续往前，其实原该在此转弯但我没有。对了刚刚说到哪里?啊,夏季的操场对吗?可惜最终仍只是彼此铐在脚上的咒怨与怪谈而已。所以我想再往前一点,继续往前,让离开的速度快得不像自己,也不知后面究竟有什么追赶,但现在不能停下来。因为我非常明白汗与眼泪的差别,除了感觉,还有另外一个:若它是汗,停下脚步不多久就会被风吹干,而那时我就会毫无尊严地被每个路人发现,让人一路胸口起伏、心脏压缩、狼狈的与终于沿着脸落下的,原来并不是汗。

普通上午无事晴朗

经过住宅区小公园，季节到位时候，连空气都是绿的。我想起一句蠢笑话："这里一个人也没有。但是有两个人。"那对中年男女坐在石椅，男子头发半白，女子肤光黯淡，可是他们肩与肩的倚靠不松也不紧，一人手握着另一人手，安闲说话不相视。一切这么普通。其实普通并非不高不矮不胖不瘦也非平庸，普通里往往富有各种复杂一切元素，只是打碎搅拌挫细，敷满地球表面。而在这普通到连老人都懒来的都市残角，这么普通的人，这么普通的四月白日，真是完美的普通。但事物若显得完美，那又不普通了……我一面走过去，一面在脑子里纠结个没完，但不管是我经过，车经过，狗经过，他们都没有关心的意思。普通的爱。哪一天可以看见一部台湾电影或电视剧，不讲文青不讲偶像不讲咖啡店不讲大总裁也不讲小男女,而愿意讲一对像磨薄起毛绒料大衣袖口的普通中年人呢?有时我担心自己等不到那一天。

拿备用钥匙准备进入朋友租住的老公寓。有个牵着脚踏车买完菜的太太已在前面开门,她显然认识这楼里所有人,或许我和我的太阳眼镜介于可疑与不可疑之间。她看我一眼,回过头,想一想,又回过头:"你找哪一家?""我帮三楼喂猫。""噢!"她放心了。猫很寂寞,这只大头圆眼睛的猫名叫黑胖,黑胖任何时候一概寂寞,水泥墙与小拼木地板都是冷的,我坐在沙发上看它吃饭,它草草吃完,火速奔来,将全身如枝头熟果投向地心那样热烈投向我,但我最多只能停留十五分钟。起身出门时,它终于静下来,远远看着。人总是一直在走开,我总是一直在走开,它恐怕一生都学不会:做一只猫,要懂得先走开。但我不忍心对它这样说。

便利商店里再遇那个陌生的奇零人。这一带住了十多年,这两个月才频繁出现。是忽然从哪里漂移过来的吗?或者她一直都好好住在这里,或者她本来是某个偶尔擦身而过的普通大姐,只是最近有一天,就坏了。她像所有你读过看过想象中的失心者，头发乱来，披挂过度，眼影刷出一片蓝或一片绿。她固定拎着十几个以上内容不明的塑料袋，结账时统统堆占在便利商店柜台，取出少说有一公斤的零钱购买杂物，或者食品。她一边对脑子里的人说话一边满台面撒开一元的五元的十元的硬币。沉默的打工男孩慢慢捡起来。排队的人们不发一语。没有人表现不对模样，没有人盯着她。或许不是慈悲也不是宽大，只是一点胆小与一点克制，可是我有点意外，这城市竟有一个让脱轨者也能够尊严的水土保留时刻。

在不算残酷但可能有点儿粘黏的台湾四月，世界有病进行，有伤害被完成，有血冻结有铁烧化，也有全天星星都化成眼仍看顾不完的艰难，同时非常确定远方有战争。有些人爱着，有些猫寂寞，有些疯狂就在一个呼吸的距离，诗或歌都救不活也叫不醒任何人。然或也有一个春日上午，无事晴朗，万物普通，不是好日子也不是坏日子，记不起来也不可惜的日子。却正是这样的日子，包裹住了伤。

无人知晓的我自己

是枝裕和多年前有部电影《无人知晓的夏日清晨》，日文片名就叫"谁も知らない"（谁也不知道）。我很喜欢这部电影，优美，残暴，如纯银铸造重锤敲碎所有骨灰瓮。特别喜欢"无人知晓"四个字，那些纤小如光线与飞尘彼此剔透的理解，秘密如一颗包心菜与它的虫之间的心照，弹指间有明白，吹灰中现微悟，甚至连"我懂了"三个字都显得太笨重，因此你捉不着。

某一日我忽然发现过去这一年实可谓有风有浪。之所以说"忽然发现"，原因是心境上很平淡，不觉太多颠踬或者翻搅，仿佛在桥这端回头了，发现刚刚走过一条悬空千仞的绳索，四面刀壁森森而立。原来曾有许多可能粉身碎骨的瞬间啊，原来曾有许多光爆或坏灭如小行星擦肩而过。而我根本不知道。

这一年我一面做着正业的记者,拍照采访出差;那一面写着专栏。一星期七天里常有三次截稿日,同时没有一个可以抵赖。怎么办成的呢?不知道,真是不知不觉,现在只感到是难得而糊涂。当初我很犹豫是否应该接下专栏的事,时间紧张是一个原因,另一个原因则是我对散文的暴露性质非常警惕,但最后下决定的原因也很简单:这是一个对治脱略散漫、训练自制与自我管理的好机会。有时写些紧密紧张的,有时写点松散漂荡的,这样试试那样试试,刚愎自用。一年过去,"准时交稿"这件事,到底不太及格……但总算不差不错到句点。

虽说间中难免枝节。去年秋天,大概金气太过刚强,好几个媒体集团高空乱斗不休,一日我工作的甲媒体忽以"禁止兼差"一由关切我在乙媒体风马牛不相及的私人写作生活(尽管这件事我原已报备过)。过了几天,又闻甲媒体将打包卖给一众上海人所谓的"大好佬"(并不是大好人的意思),金主之一即为乙媒体的话事人。我盯着电视台跑马灯,感到一切既合理又疯狂。商人只是商人。或许因为大破大立或大迫大利正亟亟冒出眼前？此后大人们便也没心管我这"兼差"的小破事儿了。再过几个月，交易不成，旧主复行视事，整顿不赚钱单位，大家松一口气：早该拔管了，高高兴兴拿钱走人是最好结果，而商人的义气就是不拖不欠。朋友正色道："过去几年你忙也忙了、吃也吃了、玩也玩了、钱也存了。现在正好专心做点儿自己的事了，例如写作……""闭嘴！我一直留在职场就是为了逃避这件事好吗！"我大叫。

这一年也识破些满口仁义道德而一身男盗女娼的人。这样的人在故事与新闻里太多，多到都嫌俗滥，但真正贴身看透又有更仔细的领会：虚伪的最高境界并非欺过世人，而是欺过自己。狼行千里吃肉，狗行千里吃屎，真心以为自己是好人的卑鄙者就像误以为自己是狼的狗一样麻烦。但说得明快些，你也不过像梦游时蟑螂误飞入口，赶紧呸出来，耸耸肩，把家里扫扫干净作罢。蟑螂天生披个油壳子，有洞就钻，也总是有别的倒霉人家可以窜。

这一年如果早一些来，可能让人所有的柔软都坚硬了；如果晚一点儿来，又可能让人所有的坚硬都龟裂了。我当然不能确定这是不是最适当的一年，可是在这些无人知晓的时刻，我发现一个无人知晓的自己，在逼视中生冷静，在暴烈里生安然。

也是这一年，我们发现母亲得了癌症。

去年春天她做例行健康检查，忽然发现肝上有暗影。医生"眉头一皱，感觉案情并不单纯"。

然后就是一个星期检查这个、一个星期检查那个、又一个星期检查另一个，接着转医学中心。转诊后再重新检查这个、检查那个……确诊已经是接近夏天的事了。而且问题原来不在肝而是肺。

现在想一想，最困难的时间其实就是那一个星期、一个星期与又一个星期。大医院大结构各种爱莫能助的规矩就是让痛苦都不痛快。我一直非常讨厌小说描写医生"宣判"而相关者都"晴天霹雳"的修辞，以前是因为太俗滥，现在则是觉得它幼稚，让人为难的并不是你证实了那件事，而是怀疑却迟迟无法证实那件事：爆炸是干净的，只有那小小阴阴的，发蓝的文火才能把人与事煎逼入骨，神化髓酥。虽然我不可否认这两字仍然精确地描写出命运看人身那种居高临下的眼神。

你只能等。我记得那段时间几乎没有哭泣过,就是等。因为我觉得哭泣的兆头很不好。一开始其实很令人困扰,我不知道应该要有什么情绪,该往好处想一点还是根本不要想呢,该崩溃吗但好像又太早。我还是照常上班,和采访对象或者公关妹妹装熟。只有一次,我在外面工作,梅雨季刚开始,为了不过度干扰受访者工作整个过程断断续续,有个空档我站在屋檐底下放空,等到发现时眼泪已经流了一些。我没带卫生纸,就拿手背抹掉,然后找出粉盒补粉。

我当时想到什么了吗?没有,什么都没想。我真的只是空着。

后来所有人就一直非常冷静。我和我弟吃了一段时间的素,有空时念些药师咒,在网络上查资料,除了开刀那段时间请了几天假之外还是上班,写稿交稿。也没有呆若木鸡,也没有呼天抢地,我清楚知道脑中有个回路像过热的保险丝跳掉那样"咔哒"一下,有个闸放下来挡在心口与脑门之间。事情来了无非是处理。除此之外也没有别的。

确诊两个月之后排上手术。后来又发现肿瘤有两颗，一颗在左下叶，一颗在右上叶，有个关于肺癌的小知识是这样的：如果这两颗病理化验结果发现是同一种（或说，有亲子关系吧），那便非常危险，代表已经全身转移。反之，情况就好得多。是从一期到四期那样大的差距。

还好结果是不一样。"大概没人想过，同时得两种不同的癌，也会是个好消息吧。"我说。

整个夏天就在开刀，前后两次，尚且被叫进开刀房在无预警的情况下看见切下来的肺叶以及里面像煮熟蛋黄似的所谓的"坏东西"（还好我没疯到拍照上传脸书打卡）。我母亲非常得人缘，那期间有个好朋友每天清早料理三色小菜、一罐综合果汁与一锅野生鲈鱼炖鸡送来直到她出院。年底，这个朋友发现脑瘤，在蛇年除夕过世。

就这样子过了一年。有个在外地工作的朋友日后说："我很惊讶，因为表面看起来你什么事都没发生。"

我说我也感到自己什么事都没发生。原本只觉得自己是种种任性，谁知误打误撞，漫漫蛇行，大概也走成了一种韧性。我常认为自己心性游荡，情志不坚，然而，终究在一个无人知晓，甚至连我自己都不知晓的时候，好像练出无人知晓的功夫，变成一个无人知晓的自己。虽然我想，那其实也就是摆幅很小，局外人都将不察的一个倒踩步或推手势。可是，或许人生的险与不险、救与无救，都不是天壤之别，而是差在角度那么窄那么微的一点点。像瘤子与动脉之间差的那一点点。

因此我才能站在春与夏的岔口，写完了最后一篇专栏，此时太空仍有流星繁繁纷纷，不知多少次多少枚与大气层擦身而过。我们跟天地讨来一点点锐角转圜之地，然后那日子就能看似风光明媚、希望无限地过下去了。虽然谁都知道，每个清晨，都是劫后，每一分钟，都是余生。

我们没有变成

童年时候,难免都想过:"以后,我会变成怎样的人呢?"命题作文里不也成天写着这些吗,我的志愿,我的将来,我的理想。总是记得小学四年级有一日放学,我踢着路面上沙沙如米的小灰石走回家,阳光披肩斜下,心中忽然起了万分狐疑:"现在才十岁,感觉已经活了好久。再过十年,二十岁我会变怎样?三十岁变怎样?那时我会不会记得这一天?我会有什么感受?"当时无解,只能寄望明天会更好,只要我长大,长大是解答。

后来才发现,事情不是这样。事情往往不是我们"变成了什么人",却是"没有变成什么人"。命运与世界一路使用消去法做着一日又一日的习题,而我们是一道又一道被铅笔轻轻杠过的选项。即使在这一题里，符合正确文法，一旦换张考卷，甚至，只要换个问句，我们又是一个错。像一场戏里，勤勤力力，演了好久，忽然发现主角根本是别人。你出现只是为了敷演他的胜利。你活着只是为了成就别人的喜剧。

我们没有变成快乐的人。其实我们都过得还好（有时，甚至可以说是很好），没有太多可以挑剔。但我们仍然没有变成快乐的人。是不知足感恩啊，教育家说。是不懂人生真味啊，励志书说。要"进入光与爱"里啊，灵修者说。他们好喜欢一再强调："快乐不难。快乐很简单。"粗体反白加底线。可是难道你没发现？任何被一再强调的事情都有问题，就像你并不需要天天提醒自己："今天太阳从东边升起。"

我们也没有变成聪明的人。有些时候，眼睁睁就看见那个从小拥有各种成就如积木一般随手堆积上去的男孩或女孩，最后坍塌了。有些时候，我们表面倒是灵巧，都知道最好的手段，最理想的方式，最有效的动作与最有利的抉择，可是呢，永远还是在最关键的时候，做一个最愚蠢的决定。

没有变成坦白的人。有一天就学会了骗人。一开始骗别人,等到实在骗不过别人,只好傻得回头骗自己。输的时候说是不玩了,被弃绝时候说是自己不要的;而那个永远不被爱的(是的,即使听来悲伤不真,但世上终究有些谁不被任何人爱。你不能怪他,但也不能怪任何人),便告诉自己说是世人与那个人都看不出我有多美。旁观的人,或许心生鄙夷;可是,如果现实让他活不下去,若不颠倒若不梦想,难道你要他去死?

真能直说一句"去死算了",也就算了。问题是我们总是灰灰的,不敢变成恶人,也不够变成善人。有时会感觉自己身后发圣光,其实只是手里一无筹码,只好说一句:"因为我善良。"善良这东西真的很善良,总是愿意担当一无所有一无所长者最后一道廉价的台阶。而有时候,当你自愧是不是坏心了点儿,过分了点儿,那个时候,反而是种善良。

大多时候,我们没有变成。没有变成自己厌恶的人,也没有变成自己信服的人。倒是从前以为"长大就好了"的那些小事，例如近视眼，青春痘，坏脾气，结果都变成"长大更不好了"。最后，只好发明三个字，"小确幸"，抱着它，在生活偶然绽破的慈悲一瞬里，终于有个机会，暂时忘记这件事：我们没有变成一个幸福的人。